1. Auflage 2019
Copyright © Lars-Oliver Schröder
Printed in Germany
Titelfoto u. Einbandgestaltung Lars-Oliver Schröder
Korrektorat u. Lektorat Monika Klein
Impressum

TWENTYSIX – Der Self-Publishing-Verlag
Eine Kooperation zwischen der Verlagsgruppe Random
House und BoD – Books on Demand

Herstellung und Verlag:
BoD – Books on Demand, Norderstedt.

Bibliographische Information der Deutschen
Nationalbibliothek: Die Deutsche Nationalbibliothek
verzeichnet diese Publikation in der Deutschen
Nationalbibliographie; detaillierte bibliographische Daten
sind im Internet über http://dnd.d-nb.de abrufbar.

ISBN
Paperback: 97837 407 6190 5
auch als E-Book erhältlich

Die Lösungsstrategie
Band 2

Zulassen!

Lars-Oliver Schröder

Inhaltsverzeichnis

Kapitel 1

Wie es dazu kam und alles anfing

Dieses Mal war Cathrin dran, daran ließ Editha keinen Zweifel mehr. Cathrin hatte sich bereits solange dagegen gewehrt, wie es nur irgend möglich erschien, doch nun saß sie klar in der Falle. Es widerstrebte ihr von jeher, ungemein andere Personen in ihre Wohnung hineinzulassen. Nicht, dass sie sich etwa für ihr Räumlichkeiten hätte schämen müssen, weil sie eventuell nicht vorzeigbar wären oder im Chaos versinken beziehungsweise in Unordnung wären. Nein, das waren nicht die Gründe für ihre vergangenen Ausflüchte, die nächste Party nicht bei ihr stattfinden zu lassen. Ganz im Gegenteil.

Ihre Vierraumwohnung war sehr behaglich und geschmackvoll eingerichtet. Genauso erschienen alle Zimmer blitzblank sauber und machten einen wohldurchdachten Eindruck. Das war es eigentlich auch gar nicht, warum sie sich so lange dagegen gesträubt hatte.

Cathrin erinnert sich sehr wohl daran, wie akribisch und genau sie jedes Mal die Wohnungen und Häuser der anderen Partygastgeber unter die sprichwörtliche Lupe nahm. Ja, sie selbst ist es stets gewesen, die den Eindruck der Wohnungen auf die verschiedenen Gastgeber projizierte und sich daraus ein absolut neues, enggefasstes Meinungsbild über sie bildete.

Eben genau davor hat sie jetzt am meisten Angst, dass es ihr bei ihrer Hausparty mit ihren Gästen genauso ergehen könne und die anderen sich über sie eine neue Meinung bilden. Schlussendlich war sie unsicher, wusste sie doch nicht, welches Bild ihre Wohnung im Auge eines neutralen Betrachters einnimmt.

Sie selbst erwischte sich nämlich selber manches Mal dabei, wie sie unbewusst mit dem kleinen Finger an versteckten Stellen zum Beispiel hinter einem Bilderrahmen oder im Bücherregal einen Strich zog und nach Staubspuren Ausschau hielt. Fand sie keine, so nickte sie im Stillen wohlwollend vor sich hin. Erkannte sie jedoch, dass eine längere Zeit kein Staub gewischt wurde, so hatte die Gastgeberin keine Chance mehr bei Cathrin, und das wirkte sich sogleich auf ihr eigenes Kaufverhalten bei der stattfindenden Tupper-Party aus.

Sie erinnert sich häufig an einen besonders ekeligen Fall der Unreinlichkeit. Gut, es war jetzt mittlerweile schon so, dass es ihr das ein aufs andere Mal unangenehm aufgefallen war, in welcher Unordnung manche Menschen Gäste empfingen und dabei schüttelte sie im Gedanken stets ungläubig und abfällig mit ihrem Kopf. Dafür konnte sie einfach kein Verständnis aufbringen, selbst dann nicht, wenn eine Horde wilder Kinder für die ständigen Verschmutzungen verantwortlich war.

Doch bei diesem einen konkreten Fall, bei dem sie selbst heute noch, nach so einer langen Zeit, eine unangenehme Gänsehaut bekommt und sich förmlich vor Abneigung schütteln muss, dass sie gleich wieder Angst bekommt, die Herpesbläschen schlagen erneut augenblicklich an ihrer Lippe und unterhalb der Nasenflügel aus. Jedoch lag es nicht daran, weil die Wohnung im Chaos versank oder eine Dreckshöhle war, wie sie so manch andere Wohnung bezeichnete, im Gegenteil. Bei dieser unangenehmsten aller Gastgeberinnen war die Wohnung sogar auffallend ordentlich und reinlich. Aber als sie an der Kaffeetafel saßen, Kaffee und Kuchen aßen und der Moment bevorstand, an dem es für alle Teilnehmerinnen das erste Gläschen Sekt geben sollte, passierte das Entsetzliche. Als die Gastgeberin gerade die Tür zum Kühlschrank öffnete, kommt mit einem erwartungsvollen Miauen die braunweiß gestreifte Hauskatze herein und bettelt um Nahrung. Das stellt für sich allein genommen nichts Ungewöhnliches dar, denn Katzenhaare waren in der Wohnung nur an ganz versteckten Stellen zu finden, das hatte Cathrin schon im Vorfeld heimlich überprüft. Doch was anschließend geschah, lässt sie heute noch erschaudern.

Die Gastgeberin übergab Editha die Flasche Sekt und zwar Fürst von Metternich, die Lieblingsmarke der meisten Partybesucherinnen.

Editha waltete sofort ihres Amtes und entkorkte sie mit einem lauten Plopp. Doch Cathrins Blicke blieben seltsamerweise bei der Gastgeberin und ihrer weiteren Tätigkeit gebunden. Sie holt eine neue Packung Sheba aus dem Küchenschrank, öffnet sie behutsam und jetzt passiert es, das Unfassbare!

Sie streckt sich zum Küchenschrank, in dem das Kaffeeservice steht, eben genau dasselbe Geschirr von dem sie ihren Kaffee und Kuchen genossen. Sie entnimmt einen Kuchenteller, stülpt das Katzenfutter über ihn aus der Schale heraus und stellt den Kuchenteller samt Futter der Katze zum Fraß vor. Cathrins Augen drohten vor Entsetzen aus den zu klein gewordenen Augenhöhlen zu fallen, wobei ihre Mimik gefühlt total entglitten sein muss. Sie musste aufpassen, nicht augenblicklich zu spucken und sich ausgiebig zu übergeben, solch einen Ekel verursacht das vor ihr stattfindende Schauspiel. In ihren Gedanken sieht sie sich ebenfalls wie ein Haustier auf allen Vieren hockend vor dem Kuchenteller, um dort mit der Katze um die Wette zu futtern.

Cathrin mag Haustiere, ohne Zweifel, nur selber wollte und mochte sie keines haben. Das, was sie sah, war für sie an Unhygiene kaum zu überbieten.

Mit dieser Gastgeberin könnte sie sich **niemals** anfreunden, und gekauft hat sie auf dieser Tupper-Party außerdem nicht ein einziges Teil, was an diesem Tage so das erste Mal vorkam.

Nun soll die nächstfolgende Party bei ihr Zuhause abgehalten werden. Um Gottes willen! Das galt es zu verhindern, deshalb wehrte sie sich, solange es nur ging, aber nun hat Editha sie in die Ecke gestellt. Editha ist nicht nur die erfolgreichste Tupper-Verkäuferin der gesamten Region, sondern auch ihre beste Freundin. Somit konnte sie ihr keine weiteren Ausflüchte präsentieren, ohne ihr beider Freundschaft aufs Spiel zu setzen und so viele Freundinnen hatte Cathrin davon nun auch wieder nicht. So überwand sie all ihre Abneigung und Einwände und ließ es tatsächlich wider ihre Natur zu, dass eine Horde kaufwütiger Tupper-Frauen in ihren vier heiligen Wänden zum Kaufrausch ansetzen. Was sollte sie oder konnte sie zu diesem späten Zeitpunkt nur dagegen unternehmen?

Nichts!

Sie muss es wohl oder übel über sich und ihre Vierraumwohnung ergehen lassen. Selbst Cathrins Mutter fragte fünf Mal nach, ob sie sich tatsächlich nicht verhört habe, ob sie ihrem ins Alter gekommenen Gehör noch trauen darf und sie richtig hörte, dass bei ihrer Tochter eine Tupper-Party mit mehr als einem Dutzend Teilnehmerinnen stattfinden soll?

Die Mutter musste allein bei den Vorstellungen in ihrem Kopf bis über beide Ohren schmunzeln, denn ihr eigenes Kind ließ selbst sie als vertraute Person ungern in die Wohnung eintreten. Allzu oft musste sie bei Verabredungen vor der Tür stehenbleiben, um abzuwarten, bis ihre Tochter vor die Eingangstür trat. Nur ganz, ganz selten durfte sie herein.

Diese Tage konnte sie im Kalender rot markieren.

Aber als Mutter wusste sie, dass es für ihre Tochter eine wichtige Lektion darstellt und eine fundamentale Grundvoraussetzung sein würde, einen Mann in ihrem Leben zuzulassen. Schließlich kann der ja nicht immer vor der Haustür empfangen oder abgefertigt werden, **das**, so ist sie sich sicher, würde sich niemand auf Dauer gefallen und über sich ergehen lassen.

Sie wünschte sich schon so lange ein Enkelkind, aber ihr ist bewusst, dass ihre Tochter ein Problem hat, sie vermochte es jedoch nur nicht zu benennen oder in Worte fassen. Desto glücklicher ist sie über den Zustand, dass die Freundin ihrer Tochter diese nun auffordert, einen inneren selbstauferlegten Zwang zu überwinden. Nämlich andere Menschen in ihrer Privatsphäre zuzulassen und die fing für die Mutter mit dem Betreten der Wohnräumlichkeiten an.

Es klingelt an der Haustür. Überrascht zuckt Catrin erschrocken zusammen, als wenn es absolut unerwartet geklingelt hätte. Jedoch das soll mindestens noch ein Dutzend Mal passieren, zumindest wenn alle Bekannten der Einladung folgen würden und davon ist auszugehen. Ihre Hände waren ganz klebrig und schwitzig, so rieb sie beide an ihren Ärmeln ab, ging zu Eingangstür, atmet noch dreimal tief durch und pustet jedes einzelne Mal mit gespitzten Lippen die heraustretende Luft heraus, in etwa so, wie es ein Taucher macht, bevor er in die unendlichen Tiefen des Ozeans abtauchen will.

Genau dieses Sinnbild passt nur zu gut zu dem, was jetzt gleich auf sie zukommen soll.

Auch sie muss in den unendlichen Ozean des Neuen, Unbekannten und Unbehaglichem abtauchen.

Nur sehr zaghaft und zögerlich öffnet sie den Eingang … Gott sei Dank, es ist Editha! Sie ist die Erste, die ihre Räume betritt, aber es ist auch das erste Mal, dass sie überhaupt in die Wohnung ihrer Freundin eintreten darf, somit kommt es auch für sie einer Premiere nahe. Editha schreitet schwungvoll hinein, bleibt aber schnell stehen und lässt ihre Blicke 360° im Kreise drehen. Sie hatte fast schon automatisch und reflexartig erwartet, in eine Wohnung einzutreten, die unmöglich aussehen muss oder einem heimlichen Messie gehören würde, denn so wehrhaft, wie ihre Freundin es jedes Mal vermied, dass sie oder überhaupt jemand die Räume betrat, hatte sie nichts Gutes erwarten lassen. Doch was sie sah, beeindruckt sie und verblüfft sie zugleich, denn es sieht richtig schick und liebevoll aus.

Mit übergroßen erwartungsvollen Augen schaut sie Cathrin überrascht an und ihre Blicke sprechen eine wortlose, dennoch sehr verständliche Sprache: „Warum zum Teufel lässt du niemanden in deine schicke Wohnung herein, die ist doch richtig toll?"

Schweigend führt Cathrin ihre Freundin ins Wohn-Esszimmer mit der gedeckten, großen Kaffeetafel, an der locker und bequem zwölf Frauen sitzen können. Editha bemerkt es sofort, denn auch sie hat mittlerweile in den vielen Jahren ihrer Hauspartys einen erfahrenen Blick für gewisse Details und Arrangements entwickelt. Sie war schon lange der Meinung, daran, wie der Tisch gedeckt ist, zu erkennen, wie erfolgreich der Verkaufstag laufen würde.

Je ordentlicher und liebevoller eingedeckt war, desto besser lief der Verkauf ab und der heutige Tag verspricht ihr einen absoluten Rekordverkauf.

Editha wusste nicht einzuschätzen, ob es jetzt pedantisch ist, was sie dort sieht oder aber nur Perfektionismus in Reinkultur sich ihr darbietet? Sie ist sich ganz sicher, noch nie zuvor sah sie eine so perfekt durchgestylte Kaffeetafel. Bis wirklich jetzt eben und dem heutigen Tag bekam sie es in den unzähligen Jahren ihrer Tätigkeit nicht ein einziges Mal so dargeboten. Sie wusste nicht, was sie sagen sollte, außer: „Wow, liebe Cathrin, sollte ich eines schönen Tages heiraten wollen, dann musst du mir unbedingt meine Hochzeitstafel eindecken, das musst du mir absolut versprechen!" Das sagte alles und bedurfte keiner weiteren Ausführungen.

Es klingelt erneut, so braucht Cathrin der Freundin nicht einmal zu antworten.

Zwölf Frauen an einem Tisch

Nachdem alle Gäste anwesend sind, läuft die Verkaufsparty auf Hochtouren, noch bevor das erste Sektchen kredenzt wurde. Normalerweise bedurfte es mindestens der zweiten Flasche, bis der Verkauf so richtig in Fahrt geriet, doch hier und heute ist es, wie Editha es bereits vorher erwartet und eingeschätzt hatte. Schon recht früh kündigen sich tatsächlich Rekordabsatzzahlen an.

Nach dem zweiten Plopp einer Sektflaschenöffnung ist die Verkaufsspitze überschritten und Editha wusste, jetzt ist der perfekte Zeitpunkt für eine Geschichte und sie liebte es, Geschichten zu erzählen. Damit sie diese nie aus dem Stegreif erzählen musste, bat sie meist Tage

zuvor eine Teilnehmerin, bei einem bestimmten abgesprochenen Zeichen eine mit ihr vereinbarte
Vorlage zu präsentieren. Und diesmal ist es Piepsie, mit der sie es vorab festgelegt hatte.

Piepsie, nicht etwa, weil sie so eine piepsige Stimme hat, nein, der Spitzname wurde vom Nachnahmen her abgeleitet. Christina heißt mit Nachnamen Pieper und bereits seit ihrer Schulzeit trug sie mit Stolz diesen Spitznamen, den sie sich sogar in ihren Nacken eintätowieren ließ.

Editha gibt ihr heimlich das vereinbarte Zeichen. Sie reibt sich mit dem ausgestreckten Zeigefinger den linken Nasenflügel, in etwa so, als wenn dieser jucken würde. Es ist eine unauffällige Geste, der niemand außer Piepsie Aufmerksamkeit schenkt und zur Kenntnis nimmt.

Sie startet auch ohne weiter abzuwarten ihre Erzählung. Dabei nutzt sie nur eine winzige Sprechpause der anderen, die nahezu gleichzeitig am Sektglas nippen.

Es war häufig so, wenn eine Person zum Trinken ansetzte, folgten die anderen, ähnlich einem Herdentrieb oder wie bei einem zuvor unabgesprochenem Ritual.

„Also mir ist seit unserer letzten Tupper-Party etwas Komisches passiert, Mädels, das muss ich jetzt hier und heute unbedingt zum Besten geben! Nur wenige Tage nach unserem vergangenen Treffen sprach mich ein gutaussehender netter Mann direkt auf der Straße an.

Wir kamen uns entgegen und er fiel mir schon einige Schritte vor unserem Zusammentreffen auf. Ich musste ihn einfach anschauen. Nee, nee, nicht, was ihr jetzt meint, angestarrt habe ich ihn ganz sicher nicht, jedoch konnte ich mir ein zaghaftes und verstecktes Lächeln nicht verkneifen. Nur einen Meter, bevor wir uns begegneten und aneinander vorbeiliefen, stoppte er mich mit den Worten: ‚Entschuldigung, dass ich Sie hier so einfach auf der Straße anspreche, aber Sie haben ein umwerfendes Lächeln.'

„Ach nee, sagtest du nicht gerade ein zaghaftes und verstecktes Lächeln oder habe ich dich bei deinen Ausführungen falsch verstanden?", spottet eine der anderen. Eine zweite stieß ins selbe Horn: „Dann habe ich sie ebenfalls falsch verstanden!"

Gelächter brach am Tisch aus, denn jede Teilnehmerin kennt Piepsie nur zu gut und wusste sie somit richtig einzuschätzen. Bei gutaussehenden Kerlen konnte sie noch nie wiederstehen und schmiss ihnen nur zu häufig eindeutige Blicke hinüber.

Genau das war Edithas Plan. Es war immer gut, wenn die Geschichten von allen miterlebt und nachvollzogen wurden. Aber noch schwieg sie und überließ Piepsie das weitere Wort.

„Hört auf zu lästern und bleibt bei meiner Geschichte, denn das Spannende steht ja noch bevor. Ich sagte nur ‚Danke' und wollte eigentlich meinen Weg fortsetzen, da setzte er sofort nach und sprach: ‚Sie haben eine ungewöhnliche Aura um sich, ich muss Sie förmlich kennenlernen! Darf ich Sie ein paar Schritte ihres Weges begleiten?' Ohne wirklich eine Antwort von mir abzuwarten redete er einfach weiter:

‚Übrigens, ich bin der Thome und ich bin ein guter, vertrauensvoller Mann. **Ich** gehöre zu den **Guten**, von mir haben Sie nichts zu befürchten.'

Schon wieder kommt ein Zwischenruf vom Tisch:

„**Das** sind für gewöhnlich die Schlimmsten!"

Wieder lacht die gesamte Gesellschaft.

Editha lächelt zufrieden zu Piepsie herüber und nickt nahezu unsichtbar. Das soll so viel heißen, wie

– das machst du gut, bitte mache genauso weiter! –

Piepsie freut sich über die wohlwollenden Blicke und führt ihre Erzählung fort:

„Was soll ich euch sagen, **mein** Vertrauen hat er damit jedenfalls erlangt, doch ich entgegnete ihm, er wisse doch überhaupt nicht, wohin ich unterwegs sei.

Es sei ihm egal, denn dahin, wohin ich gehe, gleich, welche Richtung, gleich, welche Entfernung, da muss auch für ihn der richtige Weg liegen.

Irgendwie gefielen mir seine Schmeicheleien und ich war hungrig auf mehr.

Leider war mein Weg an diesem Tag viel zu kurz und wir sind für meinen Geschmack deutlich zu schnell am Zielort eingetroffen.

Peinlich war nur, erst, als wir vor der Eingangstür der Praxis standen, bemerkte ich zu spät, dass ich an diesem Tag gerade zum Arzttermin mit meinem Gynäkologen unterwegs war, so konnte ich mir, glaub ich, ein leichtes Rotwerden weder unterdrücken noch verkneifen.

Doch er überspielte es galant wie ein Gentleman und bat mich um ein Treffen, gegebenenfalls unverbindlich in einem Straßencafé meiner Wahl.

Eigentlich will ich es zurzeit nicht zulassen, dass ein neuer Mann in mein Leben tritt, zu tief sitzen noch die junge Enttäuschungen der vergangenen Trennung, …meiner Trennung von Paul.“

Bei dem Wort Trennung erinnert sich Susan an ihr erst kürzlich vollzogenes Schlussmachen mit Marcus, ihrem langjährigen Lover. Sie hört im Geiste die fortwährenden Worte ihrer geliebten Mutter, die sie stetig gebetsmühlenartig wiederholte: Sie solle ihre Trauer um die gescheiterte Beziehung zulassen.

Nur so ist aus ihrer Sicht und Meinung eine anständige und nachhaltige Verarbeitung möglich.

Sie wiederholte den Satz ausgesprochen oft: „Kindchen, lass deine Trauer zu, du darfst ruhig ausgiebig weinen, denn du **hast** schließlich etwas zu beweinen ebenso auch zu bedauern!

Eben eine gescheiterte Beziehung und zerbrochene Freundschaft.“

Piepsie stellt die Frage in die offene Runde, ob sie es zulassen soll und sie sich tatsächlich mit diesem Fremden treffen solle. Sie gab ihm bereits vorab ihre Telefonnummer, damit sie sich in den folgenden Tagen verabreden konnten, um sich, wie formulierte Thome es noch, zum näheren Kennenlernen zu treffen.

„Was soll ich bloß tun, Mädels? Soll ich es wirklich **zulassen**, dass ein neuer Mann in mein Leben tritt, obschon ich meine Trennung noch nicht vollends verarbeitet habe?“

Zulassen ist Edithas Stichwort, worauf sie gewartet hatte, welches sie auch sofort und unverzüglich aufnimmt: „Stimmt, Zulassen hat wirklich etwas absolut ‚Proaktives‘ an sich, aber es verläuft zumeist in mehreren Stufen, zumindest nach einer häufig erzählten Geschichte eines nahen Verwandten von mir.

Die meisten Menschen scheitern nämlich beim harmlos wirkenden Zulassen, weil sie annehmen und der falschen Meinung sind, es wäre ‚nur‘ eine einfache für sich genommene Entscheidung, die sie fällen müssten und darin liegt der grundlegende Fehler. Das habe ich, bevor ich die Geschichte gehört habe, auch stets gedacht und verkehrt gemacht, darum hat es bei mir schließlich auch niemals geklappt. Heute bin ich klüger, heute weiß ich, Zulassen verläuft in mehreren Stufen, die eben eine nach der anderen genommen werden müssen und es sind gleich sieben an der Zahl.

Seitdem mir das bewusst ist, begehe ich die Zulassungsschritte einen nach dem anderen und es fällt mir nicht einmal mehr besonders schwer, etwas zuzulassen!"

Es sind einzelne Schritte, die das Zulassen zu einem Weg machen und selbst der längste Weg ist irgendwann auch einmal gegangen!

„Proaktiv, das verstehe ich in diesem Zusammenhang nicht! Wie meinst du das? Versuche es mir doch bitte mit einem einfachen Satz zu erklären, damit ich dir weiterhin folgen kann", wand Claudia, eine der weiteren Teilnehmerinnen, ein.

„Nichts leichter als das!

Wenn du zum Beispiel ein Auto zulassen willst, dann hast du dich längst für die Marke, das Modell, die Motorisierung und die Farbe entschieden. In etwa das ist vergleichbar und stellt die unterschiedlichen Entscheidungsstufen des Zulassens dar, die jedoch jede für sich einzeln entschieden werden müssen.

Stelle es dir einfach einmal so vor: Zuerst entscheidest du dich für die Marke, danach für das Fahrzeugmodell, anschließend für die Farbe und zum Schluss, ob es ein Benziner oder Diesel sein soll. Das sind Entscheidungen die alle im Ergebnis einzeln, unabhängig voneinander und egal in welcher Reihenfolge getroffen werden können. Dann suchst du deinen Fahrzeugbrief und deinen Ausweis zusammen, nimmst passend Geld mit und gehst proaktiv zur örtlichen Zulassungsstelle, um dein auserwähltes Fahrzeug in der Regel auf deinen Namen für den öffentlichen Straßenverkehr zuzulassen.

Und wenn es zugelassen wurde, ist es **dein** Fahrzeug, welches danach auf **deinen** Namen, wiederum in der Regel mit **dir** persönlich durch den Stadtverkehr fährt … kannst du mir jetzt folgen?"

Piepsie pustet beinahe feuchtfröhlich schlagartig ihren eben zu sich genommen Schluck Sekt gleich wieder aus und kontert dazwischen: „Jaaa, und wo gibt es diese tolle Zulassungsstelle für **Männer**?

Die einen von **mir** gewählten Typen, der mit mir **meine** Vorlieben teilt, in **meiner** Lieblingsgröße, auf **meinen** Namen zulässt und mit dem **ich** anschließend auch noch öffentlich ‚Verkehr' haben darf?"

Es dauert eine ganze Weile, bis sich das Gelächter wieder legt, die Gäste sich beruhigen und Susan erneut zu Wort kommt.

„Es ist ein schöner Gedanke, zu wissen, es gibt eine Zulassungsstelle für einen Partner, aber dann müsste diese Anlaufstelle doch auch verhindern können, dass man mit den falschen Kerlen zusammenkommt, oder?"

„Nee, meine Liebe, das übernimmt in diesem Fall und Beispiel der TÜV, der den kaputten Exemplaren oder unter ihnen den ‚verkehrsuntüchtigen' Typen die allgemeine Zulassung versagt und sie somit aus dem ‚Verkehr' zieht."

Und schon wieder gab es eine längere Lachpause über die etwas schlüpfrige Zweideutigkeit der Formulierung. Und die Claudia ergänzt weiter: „Genau, meinen letzten ‚verkehrsuntüchtigen' Typen hätten die vom TÜV eigentlich schon längst aus dem ‚Verkehr' ziehen sollen und ihn auch gleich verschrotten müssen!

Gott, war das ein Langweiler und ‚verkehrsuntauglicher' Kerl! Glaubt mir, der war tot, zumindest im Bett war tote Hose angesagt. Das ‚Moped' war sogar so untüchtig, das besaß nicht einmal einen funktionstüchtigen ‚Ständer', so verkehrsuntauglich war der, sag ich euch!"

Jetzt schrie es eine weitere mit deutlich überschlagender Stimme heraus: „Jaaa, genau! So ein ‚Moped' ohne Ständer hatte ich auch schon einmal in meinem Bett! Hier muss der TÜV aber dringend seines Amtes walten und für Besserung sorgen!

Eben genau für solche unbrauchbaren Typen hatte doch Frau Merkel und unsere Regierung die Abwrackprämie erfunden und eingeführt ... schon eine besonders kluge und weitsichtige Person, unsere Bundeskanzlerin!"

Eine vierte aus der Runde nimmt spontan diese gute Metapher auf und meint: „Passt auf ... passt einmal alle auf...! Eben genau deswegen bekommt von uns auch keine den George Clooney ab, denn einen Ferrari kann sich auch niemand von uns leisten, allerhöchstens die Editha, zumindest, wenn sie weiterhin so fleißig Tupperware verkauft, wie sie es auch heute einmal mehr unter Beweis stellt."

„Genau, die Editha schnappt sich dann den George Clooney und lädt uns alle zur Hochzeit ein, damit wir Freundinnen als ihre Hinterbänkler ihn schmachtend anhimmeln und unserer lieben Editha neidvolle Blicke zuwerfen können."

„Also, Editha, jetzt interessiert mich die eben erwähnte Geschichte deines nahen Verwandten brennend!

Vor allem das mit den Zulassungsschritten.

Bitte gib sie für uns zum Besten!"

„Wie geht die Geschichte des Zulassens deines nahen Verwandten? Magst du sie uns bitte auch erzählen?", hinterfragen fast alle der Partyteilnehmerinnen.

„Na gut, jedoch warne ich euch vor, sie wird ein wenig Zeit in Anspruch nehmen und wie ich euch kenne und einschätze, bringt sie jede Einzelne von euch die nächsten Tage ausgiebig zum Nachgrübeln."

Kapitel 2
Die Geschichte des nahen Verwandten

Es gab in einer Zeit, lange vor unserer Zeit, ein Dorf der „Abwehrer" und „Verwehrer" Der Dorfbürgermeister erkannte früh die ausweglose Situation, in der sich seine Dorfgemeinschaft befand und deshalb wollte er Hilfe einholen. Er hörte von dem Dorfoberhaupt aus dem Dorfe der Festhalter die Berichte zur Hilfestellung eines Weisen aus früheren Tagen. Der weiseste Mann wurde damals aus dem fernen Dorfe der Lösungsdenker herbeigeholt, um mit dessen klugen und auch ebenfalls sehr einfühlsamen Ratschlägen Abhilfe zu bekommen. Der Bericht, den er hörte, klang so vielversprechend, dass er es seinem fernen Kollegen gleichtun wollte. Vielversprechend deshalb, weil sich nahezu alle Dorfbewohner aus dem Ort der Festhalter nach dem Besuch des Lösungsdenkers zum Positiven veränderten.
So schickte er eines Tages einen Gesandten, der den Weisenrat ansprechen sollte, um auch für sein Dorf, dem Dorf der Abwehrer und Verwehrer, um Hilfe zu bitten. Er gab ihm sogar die Kompetenz, dem Weisen einen gehörigen Geldbetrag für das Kommen anzubieten.
Als der Gesandte später vor dem Weisenrat zu Wort kam, schildert er die verfahrene und fast schon ausweglose Situation seiner Dorfgemeinschaft.

Er bettelte förmlich den Rat der Weisen an, mit ihm zu kommen, um für eine bestimmte Zeit im Dorf der Abwehrer zu Gast zu sein. Als er die geringe Begeisterung der Weisen erkannte, die Strapazen der aufwendigen und langen Anreise auf sich zu nehmen, griff er zum vermeintlichem Ass in seinem Ärmel und bot einen großen Geldbetrag für die Hilfestellung an. Doch auch dieser konnte die Weisen nur wenig beeindrucken und zu einer positiven Entscheidung überreden.

So erzählte der Gesandte über seinen besten Freund und Bürgermeister seines Dorfes:

„Wissen sie, lieber Weisenrat, noch niemals erlebte ich in der Vergangenheit, dass unser Dorfoberhaupt überhaupt einmal jemanden um Hilfe gebeten hatte. Er war stets bestrebt, alles im Alleingang zu lösen und zu entscheiden. Nicht immer gingen seine Entscheidungen gut aus, nein, ganz bestimmt nicht. Sollte es tatsächlich passieren und etwas ging schief, so ertrug er seine Fehlentscheidung wie ein Mann und gestand öffentlich seinen Fehler ein und entschuldigte sich mit einer tiefen und demütigen Verbeugung bei seiner Bevölkerung.

Jedoch etwas Unvorhersehbares muss geschehen sein, denn er entsandte mich zu euch, dem bekannten Dorf der Lösungsdenker, um Hilfe einzuholen.

Er war früher nie so, ganz sicher nicht!

Meines Erachtens ist es definitiv das erste Mal, dass ich erkenne, dass er seine Grundhaltung in Frage stellt. Niemals zuvor ließ er erkennen, es könnte jemand anderes als er mehr Wissen in sich tragen.

Ich schwöre, es ist wirklich das erste Mal, dass ich als sein Freund erkennen kann, dass er seine Abwehrhaltung aufgibt und einen Abgesandten losschickt, um hier und heute um Hilfe zu bitten.

Nun bin ich mir als sein bester Freund zu 100 Prozent sicher, dass er sich dem, was Sie zu sagen und zu Rate geben, öffnen wird. Somit flehe ich sie als Weise an, mit mir zu kommen, denn ich möchte meinen Freund und Bürgermeister nicht enttäuschen. Ich will ihm beweisen, er hat mit mir den richtigen Gesandten losgeschickt, um Hilfe herbeizuholen. Leider kann und muss ich bestätigen, wir, die Dorfbewohner haben alle unser Problem mit dem Zulassen. Ein jeder verwehrt sich gegen nahezu alles und so kann es mit unserer Gemeinschaft nicht weitergehen. Sie droht an ihrer Grundhaltung des Ablehnens und Abwehrens zu Grunde zu gehen."

Nun sprach der Weiseste unter den Weisen. Er hatte bis hierher noch kein einziges Wort gesprochen, nur aufmerksam zugehört.

„Ach, weißt du Abgesandter, seit dem Besuch im Dorfe der Festhalter mit dem Problem des Loslassens haben wir den zweifelhaften Ruhm erlangt, jedem Dorfe unseres Landes helfen zu können. Doch häufig müssen wir enttäuschen, denn den meisten ist nicht zu helfen. Wir können nämlich nur Lösungsansätze erbringen, wenn eine Grundhaltung der Offenheit vorherrscht, eben Offenheit einer notwendigen Veränderung gegenüber.

Zulassen, mein Lieber, erfolgt in unterschiedlichen und zumeist einzelnen Stufen. Es ist eben nicht so, dass man etwas zulässt und zack ändert sich alles wie von selbst zum Besten, so geht und funktioniert es leider nun mal nicht.

Aber anhand der Beschreibung deines Freundes und Bürgermeisters eures Dorfes erkenne ich an, dass ihr schon drei wesentliche Stufen und damit drei hohe Hürden genommen habt. Um etwas Neues zuzulassen, bedarf es des Durchlaufens aller einzelnen Schritte, wobei die genaue Einhaltung der Reihenfolge zu vernachlässigen ist.

Die grundlegenden Voraussetzungen zum Zulassen sind die folgenden Schritte oder Stufen, die für manch einen auch eine ausgesprochen hohe Hürde darstellen:

Stufe 1 bis 3 des Zulassens!

1. **Stufe – Abwehrhaltung infrage stellen**

   Es ist hier erkennbar, dass ihr nachvollziehen könnt, wenn ihr alles weiterhin so macht wie bisher, warum sollten sich dann für euch andere Resultate einstellen?

   Hinter dieser Hürde steckt oftmals die Angst des: Wir wollen nicht enttäuscht werden!

2. **Stufe – sich für Alternativen öffnen**

   Nur, wenn wir uns öffnen und wir Änderungen zulassen, wird sich auch das Resultat ändern – frei nach dem Ursache-/ Wirkungsprinzip - Hinter dieser Hürde steckt die Befürchtung: Wir müssen eingestehen, dass Zulassen nur bei uns selbst beginnen kann.

3. **Stufe – Abwehrhaltung eventuell aufgeben**

   Wir müssen etwas ändern, egal, was es ist, nur dann kann sich auch das Resultat verändern Hier steckt die Einsicht dahinter, dass wir die angestammte Komfortzone aufgeben und verlassen müssen, um etwas anderes zuzulassen

Und euer Bürgermeister lässt mich erkennen, genau diese drei ersten Stufen habt ihr bereits genommen und lässt mich weiter erkennen, dass unsere Hilfestellungen mit offenen Armen beziehungsweise mit offenen Ohren angehört werden.

Ob sie umgesetzt werden, entscheidet ihr dann immer noch alleine, dabei kann und will ich euch nicht helfen.

Ich kann euch nur den Weg zeigen, der zu beschreiten ist, nicht aber für euch ihn beschreiten.
Das muss jeder für sich allein tun.

Jedoch vermag ich ihn ein wenig ebnen, in dem ich die eine oder andere zu hohe Hürde aus dem Wege räume oder euch auf den vor euch stehenden, zu nehmenden Hürdensprung hinweise, damit ihr auch ja genügend Anlauf nehmt."

Der Gesandte fasst sich mit seiner rechten Hand ans Kinn und grübelt offensichtlich über das Gehörte.

Neugierig hakt er nach:

„Und wie gehen die weiteren Stufen des Zulassens?

Nun habt ihr mich in euren eigenen Bann gezogen und mit den Ausführungen mein erhöhtes Interesse geweckt. Erzähle sie mir und spann mich nicht auf die Folter!"

„Nicht so ungeduldig, Abgesandter aus der Ferne!

Die weiteren Stufen unterscheiden sich und weichen im Detail ein bisschen voneinander ab.

So muss ich sie individuell der jeweiligen Abwehrhaltung der betreffenden Person ein wenig anpassen."

„Das heißt, ihr kommt mit mir in mein Heimatdorf und helft unserer Gemeinschaft, diese lästige Abwehrhaltung abzulegen?"

„Seinerzeit bei dem Dorf der Festhalter hatte ich mich noch gewehrt, so sah ich nur die Strapazen der langen An- wie auch der Rückreise vor meinem geistigen Auge. Jedoch die Verweilzeit im Dorfe der Festhalter war auch für mich etwas ausnahmslos Schönes.

Es war mir ein Vergnügen, die langsamen jedoch stetigen Veränderungen jeder einzelnen Person zu beobachten. Dann hörte ich vom örtlichen Barden und beliebten Musikus die schönsten musikalischen Klänge meines Lebens, die noch heute in meinen Ohren hängen wie ein Ohrwurm und ich sie nur zu gerne in stillen Momenten leise vor mich hin summe.
Ja, ich werde mit dir gehen, denn etwas Abwechslung wird mir gewiss sehr gut tun und jemandem zu helfen, bereitet mir obendrein außerordentlich große Freude.
So seltsam es anklingen mag, es scheint für mich eine Art Jungbrunnen zu sein, denn bei meiner damaligen Wiederkehr fühlte ich mich deutlich vitaler und fitter, als wäre ich um zehn Jahre verjüngt zurückgekehrt.
Es reizt mich nur zu sehr herauszufinden, ob es mir nach meinem Besuch in eurem Dorfe genauso ergeht, deshalb habe auch ich etwas zu gewinnen und komme gerne mit dir.“

Der Gesandte klatschte vor Übermut mehrfach laut in die Hände und sprach in Gedanken vor sich hin: „Na, da wird mein Freund und Bürgermeister aber große Augen machen, dass es mir so schnell gelungen ist, den Weisesten und Lösungsdenker, der den Ruf innehat, häufiger ‚Nein‘ zu dem Begehren seiner Hilfestellung zu sagen, als mit ‚Ja, ich komme mit euch‘ zu antworten.“

Die Anreise zum Dorfe der Abwehrer

Schon am darauffolgenden Tag sollte es losgehen. Noch während der langandauernden Anreise versuchte der Abgesandte fortlaufend den Lösungsdenker auszuhorchen und ihn dabei zu animieren, ihm zu berichten, wie denn nun die anderen Stufen des Zulassens lauten und funktionieren. Er ließ keine Gelegenheit aus, den Weisen zu hinterfragen. Doch der Weise lächelte ihn dann immerzu mit einem breiten Grinsen an und meinte keck: „Vier, fünf, sechs und sieben, mein Lieber und sie funktionieren prächtig, wenn man sie einfach nur umsetzt ... hihihi!"

Ertappt in seiner Neugier, rümpft der Gesandte dann stets seine Nase, zieht seinen Mundwinkel in die schiefe Lage und murmelt: „Ja, ja, ist schon gut, ich habe es jetzt verstanden, dass ihr sie mir nicht einfach nennen wollt, aber einen Versuch war es doch wert?"

Obschon der Weise aus dem Dorfe der Lösungsdenker nahezu dreimal so alt ist wie der Abgesandte aus dem Dorfe der Abwehrer, entwickelten sich schon nach den ersten Tagen zarte Bande der Freundschaft. Irgendwie gefiel es dem Alten, dass der Junge scheinbar die gleiche Denkweise besaß wie er selbst und sich das als gute Grundlage für hervorragende Gespräche erwies.
Auch der Junge verspürte angenehme Zuneigung zu dem schrulligen Alten, aber es waren keine Vater- oder gar Großvatergefühle, sondern entsprachen ebenfalls eher freundschaftlichen Empfindungen. Sie besaßen scheinbar auch den gleichen Humor, so waren sie fast schon traurig, so zügig am Zielort angelangt zu sein.

Immerhin marschierten sie eine geschlagene Woche, bis sie dort ankamen.

Bereits, während sie dabei waren und die Stadttore durchschritten, schauten und erfassten sie sofort neugierige Blicke der Bewohner, denn Fremde kamen nicht allzu oft zu Besuch.

Für noch mehr Aufmerksamkeit sorgte allein die Tatsache, dass der Bürgermeister ihnen aus seinem Amtszimmerfenster zuwinkte und ihnen sogleich entgegengerannt kam. Doch bevor er das Rathaus verließ, legte er sich in Windeseile Schärpe und Bürgermeisterkette um den Hals, genauso, als wenn hochrangiger Besuch ins Haus kam. Im Eilschritt und mit ausgestreckter Hand zur Begrüßung lief er dem Weisen entgegen. Alle Passanten auf der Dorfstraße blieben stehen, drehten sich um und schauten sich interessiert an, was dort nun passieren mag. Doch nichts passierte, außer dass man dem Bürgermeister seine überschwängliche Freude deutlich ansah. Er schüttelt zur Begrüßung so hocherfreut an der Hand des Alten, dass der neutrale Betrachter echt meinen könnte, er wolle ihm durch sein kräftiges Schütteln den ganzen Arm entreißen.

Unter den zufälligen Beobachtern der Szene war ein Getuschel und Geflüster gut sichtbar zu erkennen.

Manche zeigten sogar mit dem ausgestreckten Zeigefinger auf den fremden, unbekannten Besucher.

Wer ist er?

Was will er hier?

Wieso ist unser Bürgermeister so aufgeregt, das ist doch sonst nicht so seine Art?

Selbst als vor kurzem der Fürst auf der Durchreise ihr Dorf durchschritt, hatte er nicht mal so viel Aufhebens darum gemacht wie heute bei dem recht unscheinbar wirkenden Greis in Begleitung des Abgesandten.

Man konnte förmlich bei jedem einzelnen Betrachter die unzähligen Fragezeichen in den Pupillen erkennen.

Der Weise erkannte an dieser Reaktion schnell, dass die Dorfbevölkerung über sein Erscheinen nicht eingeweiht war und musste sich selbst damit eingestehen, er habe sich wohl zu früh gefreut. Wider Erwarten wird er nicht so ein leichtes Spiel mit dem Veränderungsprozess im Ort haben, wie er noch fälschlicherweise vor seiner Abreise angenommen hatte.

So murmelt er sich selbst eingestehend, nur für sich verständlich hörbar: „Hm, mein Lieber, da hast du dir selber tatsächlich eigens eine voreilige Annahme erlaubt und damit persönlich ein Kuckucksei ins Nest gelegt, dass bereits alle Dorfbewohner die Hürden der ersten drei Zulassungsstufen genommen haben.

Tja, jetzt muss du dich da durchwurschteln!"

Obendrein musste er sich selbstkritisch eingestehen, er habe selber zugelassen, sich von seinen eigenen Vorstellungen blenden zu lassen, denn der Abgesandte sprach definitiv nur vom Bürgermeister und nicht von der ganzen Bevölkerung. Doch positiv, wie er nun einmal so ist, empfand er es als überaus gutes Omen, durch einen voreiligen Zulassungsfehler den fernen Dorfbewohnern der Abwehrer helfen zu wollen.

Noch im Rathaus sitzend sagt der Bürgermeister zu seinem Besucher: „Ich habe in der besten Pension der ganzen Gegend ein wunderschönes Zimmer bestellt, in dem Sie sich bestimmt sehr wohl fühlen werden."

Jedoch der Weise entgegnet entrüstet: „Nein, das können Sie total vergessen, denn ich möchte in Ihrem Heim ein willkommener Gast sein und nicht in einer unpersönlichen Pension untergebracht werden."

„Aber mein Zuhause verfügt nur über ein recht kleines Gästezimmer, welches Ihnen garantiert und überhaupt nicht zusagen wird."

„Doch, doch, das wird es schon.

Mir ist es besonders wichtig, mich mit Ihnen in allabendlichen Gesprächen auf den nächsten Tag und damit verbunden auf den nächsten Fall vorzubereiten."

Der Bürgermeister zeigte sich ein wenig überrascht, aber empfand die Einwände des Alten als gute Idee.

„Gut, dann gilt es als abgemacht und wir machen es so, wie Sie es sich vorstellen und wünschen."

Schon am gleichen Abend saßen sie zusammen und der Weise war sehr gespannt darauf, welche Abwehrhaltung der Bürgermeister innehat und ablegen wolle.

Denn es folgte jetzt mittlerweile einer gewissen, nicht von der Hand zu weisende Regel, dass der, der ihn um Hilfe bittet, diese für sich selber am nötigsten erachtet.

Somit war er gespannt, welch eine spezielle Abwehrhaltung er innehat und wann der Bürgermeister sich den Mut fasst und davon erzählen wird.

Grundvertrauen in einer Beziehung zulassen

Nach dem ersten Schluck Wein schaut sich der Weise um und fragt, wo sich denn nun die Frau des Hauses aufhielt, denn er würde sie sehr gerne kennenlernen. Damit sprach er gleich des Pudels Kern an, denn das war es, das Problem des Gastgebers.

„Ach wissen Sie, weiser Mann, ich darf mich mit meinen jungen dreißig Jahren rühmen, als der mit Abstand jüngste Bürgermeister unseres ganzen Landes in die kommenden Geschichtsbücher einzugehen, was mich einerseits sehr stolz macht und ausgesprochen ehrt, aber am Tage meiner Wahl war ich noch nicht vergeben. Alle erwarten jetzt von mir, schnell eine Angebetete zu ehelichen und gemeinsam mit ihr Kinder zu bekommen, was grundsätzlich auch mein Vorhaben ist. Jedoch …"

Der Weise fiel ihm plötzlich ins Wort, was eigentlich niemals seine Art war, aber hier entsprach es keinem Brechen mit alter und einführen einer neuen unhöflichen, schlechten Angewohnheit, sondern es ist dem spontanen Herausplatzen einer überaus großen Verwunderung geschuldet:

„…Jedoch, du hast hier für dich noch keine Schönheit gefunden?

Bist du etwa zu wählerisch?

In dieser schönen Gegend wird es sicherlich doch auch heiratswillige, hübsche, junge Damen geben, die dasselbe wollen wie du, mein Lieber?"

„Nein, das ist es nicht. Es ist etwas eher Gegenteiliges. Nach meiner Amtseinführung konnte ich schon eine Art Stelldichein heiratswütiger Mädels erfahren, was mir im Grundsatz nicht unangenehm war.

Recht schnell verguckte ich mich in Isabell, meiner Schönen! Doch…"

Erneut purzeln die entgeisterten- voller Unverstand geprägten Worte aus dem Munde des Weisen:

„…Doch sie will dich nicht?

Wie kann das sein? Du bist in meinen Augen wahrlich, entschuldige bitte meine spröde Formulierung, ein echt attraktives Bürschchen, ein Jüngling, wie er im Buche steht und zwar in jedem Wunschbuch einer künftigen, vielfach umsorgenden Schwiegermutter.

Dazu noch dein Amt und deine Reputationen!

Was fehlt?"

„Das ist ein guter Einwand, denn es fehlt in der Tat etwas, jedoch fehlt es **mir**."

„Die Liebe fehlt?", fragte der Weise erneut dazwischenredend und gibt sich selbst dabei gleich die Antwort.

„Ach, glaube mir, wenn sie so schön ist, wie du sie beschreibst, wird die Liebe schon folgen."

„Nein, das ist es auch nicht, aber wenn sie es zulassen würden, dass ich nur meine Gedanken einmal zu Ende ausführen dürfte, ohne mir ständig dazwischen zu plappern, dann wären wir schon einen erheblichen Schritt weiter!"

„Ups, entschuldige bitte, es ist für gewöhnlich ganz und gar nicht meine Art, doch hier in unserem Gespräch kommen die Worte von ganz alleine aus meinem Munde gepurzelt. Bitte entschuldige, fortan halte ich meinen Mund … ich werde es zumindest versuchen, hihihi!"

So schloss er mit dem Kichern eines netten, alten Mannes seinen Mund und legt wie zum Schutze seinen gestreckten Zeigefinger auf die Lippen und öffnet dabei gebannt übergroß seine fragenden Augen.

„Ich habe meine Schöne etwa drei Wochen nach meiner Amtseinführung bei einer Festivität kennen- und schätzen gelernt. Meines Erachtens hat es zwischen Isabell und mir gleich gefunkt.

Aber ist es nicht stets so, dass wir Männer schnell dem schönen Antlitz einer begehrenswerten Schönheit erliegen? Ich kann mich für meine Person jedenfalls nicht davon freisprechen. Wenn diese Frau dann auch noch selbigen Humor, Interessen und Intellekt teilt, wie es bei uns der Fall ist, wird aus der Schönen doch schnell die begehrenswerte Erwählte, oder?

Nun bin ich total verunsichert, ob sie wirklich mich und mein Inneres sieht und schätzt oder doch mehr mein Amt mit all seinen Vorzügen für Ansehen und Achtung wählte. Wie kann und soll ich ihr vertrauen?

Hätte ich sie doch nur lange vor meinem Amt als Bürgermeister kennengelernt, dann wäre es für mich leichter erkennbar.

Mir fehlt das Grundvertrauen und die Sicherheit, dass sie wirklich **mich** will.

Nun bemerke ich sehr wohl, wie sie mich häufig fragend anschaut, es sind stechend fragende Blicke, wann ich nun endlich um ihre zarte Hand anhalte.

Ich kann es nicht zulassen, dass sie die Pforte zu meinem Herzen durchschreitet, ich ihr Einlass gewähre, wenn mir das nötige Grundvertrauen noch abtrünnig ist. Doch sie ist zu klug und einfühlsam, um es nicht zu spüren, meine Abwehrhaltung.

Natürlich ist ihre Mutter noch viel schlimmer. Sie kommt mir nun täglich mit eindeutigen Anspielungen, ich möge nun endlich um die Hand ihrer Tochter anhalten. Ich ahne dadurch auch unter welchem Druck Isabell durch ihre Mutter geraten ist.

Das Dilemma ist doch, sollte ich meine Augen verschließen, um ihr blindlings mein Herz zu schenken, kann das wackelige Kartenhaus des Vertrauens schnell in sich zusammenfallen.

So hätte ich gerne mehr Zeit, um unsere Beziehung in ein stabiles Fundament zu gießen und es in Ruhe erhärten zu lassen, damit wir jedem Sturm standhalten können. Wenn ich sie aber weiterhin abwehre, wird sie ganz sicher meinen müssen, ich stoße sie zurück und sie wird sich zurückziehen und gegebenenfalls jemanden anderen heiraten, denn bei solch einer Schönheit stehen eben auch die heiratswilligen Männer Schlange.

Wie komme ich nur aus dieser elenden Zwickmühle heraus und vor allem, wie kann ich ihr gegenüber Grundvertrauen aufbauen?

Weißt du, mein Verstand rät mir immer davon ab, er flüstert mit stetig ins Ohr: ‚Du kannst und darfst ihr nicht vertrauen. Sie nimmt dich nur, weil du der Bürgermeister bist und wenn deine Amtszeit eines Tages vorüber ist, dann verlässt sie dich **ganz** bestimmt.'

Also, was soll ich tun?

Wie kann ich ihr nur vertrauen und damit zulassen, dass sie in mein Herz und somit in mein Leben tritt?"

Der Weise überlegt einen Moment und fährt sich dabei seufzend mehrmals mit der flachen Hand über den Kopf vor und zurück.

Der Verstand, ein trügerischer Kerl

**„Ach, der einfache Verstand ist wie ein
ziemlich trügerischer Kerl!
Dein bloßer Verstand, das bist ja nicht du!"**

„Wie meinst du das, mein Verstand, das bin ja nicht ich? Wer soll es denn sonst sein, nur einmal theoretisch angenommen, es sei wirklich nicht ich?"

„Schau, dein Verstand ist das Ergebnis von alldem, was du erlebt, gelernt, abgeschaut und in deiner gesamten Erziehungszeit genossen und mitbekommen hast.

Bereits als Dreikäsehoch bist du mit den Worten deiner Eltern aufgewachsen und die haben dich halt geprägt.

In der Schulzeit waren es deine Lehrer, am Nachmittag deine Spielkameraden, später die Freunde, deine Parteikollegen, deine Bekanntschaften, Leute, die du mochtest, und auch die, die du nicht mochtest.

Eben alle, zu denen du Kontakt hattest, haben dir etwas mitgegeben und dich damit geprägt. Aber das alles bist in Wirklichkeit nicht du, denn es war vorher nicht in dir. Es ist tatsächlich alles nur von außen gekommen.

Glaube mir, nichts davon war zuvor in dir drinnen."

„Entschuldige, weiser Mann, aber ich kann hier deinen Gedankengängen nicht mehr folgen und verstehe nicht, was du mir damit sagen willst."

„Ich will dir damit sagen:

Dass wir Zeit unseres Lebens von der Außenwelt beeinflusst werden und damit gleichzeitig unsere Prägungen und Einstellungen erhalten.

Dass die dann eben nicht die unsere ist, sondern die, die wir von unserem Umfeld übergestülpt bekommen.

Aber es sind eben nicht wir selbst, sondern es kommt von außen, eben erlernt, anerzogen, geprägt.

Dein Verstand ist komplett von der Außenwelt geformt, modelliert und von ihr damit in eine vorbestimmte Richtung geschupst worden.

Du selbst bist nur in deinem Herzen zu finden und dahin solltest du auch schauen und dich fragen, was das Richtige für dich und Isabell ist, ob du ihr vertrauen darfst und willst oder eben nicht.

Ja, nur dein Herz bist wirklich ganz allein **du**.

Nur dein Herz kann in die Zukunft schauen und dir als dein inneres ICH sagen und raten, was zu tun ist, also horche genau hin!

Dein Verstand blickt wiederum nur in die Vergangenheit. Er ist deswegen nicht dumm, nicht, dass du mich hier falsch verstehst. Jedoch vermag er nur in die Vergangenheit schauen und versucht daraus seine Schlussfolgerungen für die Zukunft zu schließen."

Der Weise machte hier eine kleine Pause, damit das Gesagte erst verstanden werden kann und ergänzt:

„Der Verstand kann niemals, niemals, niemals nicht in deine Zukunft blicken, das schafft nur dein Herz."

„Ich glaube, jetzt kann ich dir ein bisschen folgen!

Du meinst und rätst mir damit, nicht ausschließlich auf meinen Verstand zu hören, der sowieso nur an Isabell zweifelt, sondern eben nur auf mein Herz, das mir sagt, sie ist die Richtige?

„Du musst dir das in etwa so vorstellen, unser Verstand ist bei uns dafür eingerichtet, mit unserem Herzen ins Zwiegespräch zu gehen.

Der Verstand ist bei Herzensangelegenheiten nicht dein Freund!

Leider hat unser Herz manchmal eine Schwäche!
Es lässt sich nur zu häufig rasch entflammen und uns kommt es in dem Moment wie heiße und innige Liebe vor. Es ist auch tatsächlich ein sehr ähnliches Gefühl, wie die wahre und reine Liebe selbst.
Es ist täuschend echt!
Das Liebesgefühl kommt aber bei genauerer Betrachtungsweise eher einer überschwänglichen Begeisterung nahe, als echter, reiner und wahrer Liebe. Und hierfür hat unser Herr und Schöpfer uns den Verstand gegeben, der erst einmal alles anzweifelt und infrage stellt.

Du wirst nie eine Frau finden, an der dein Verstand nicht dann und wann einmal zweifelt.

Der reine Zweifel nimmt erst über die Jahre hinweg ab und schwenkt mehr und mehr in tiefstes Vertrauen um. Aber glaube mir, das Handeln einer Frau, die du nicht mindestens 20 Jahre kennst, wirst du niemals verstehen können und selbst dann hast du nie die hundertprozentige Gewissheit. Umgekehrt wird es den Damen dieser Welt mit uns Männern genauso ergehen.

Schau, ich war nahezu 30 Jahre verheiratet, gelte als der Weiseste unter den Weisen. Man sagt mir nach, dass ich auf alles eine Lösung weiß, trotzdem verließ mich meine Frau für einen einfachen Fischer und ich konnte es nicht einmal verhindern.

Irgendetwas muss er haben, was ich nicht habe.

Irgendwas ist ja auch immer!

Aber, habe ich es kommen sehen?

Nein, ganz bestimmt nicht!

Schau, in der Tierwelt gibt es kein Zweifeln, Tiere können das nämlich nicht.

Ein Kuckuck legt zum Beispiel sein Ei in ein Spatzennest. Der geschlüpfte Kuckucksnachkomme schmeißt die Spatzeneier aus dem Nest, damit er alle Aufmerksamkeit und alleinig das Futter bekommt. Nach wenigen Wochen ist der junge Kuckuck drei- bis viermal so groß wie sein angebliches Muttertier, aber zweifelt diese nun daran, dass es ihr wahres Küken ist?

Nein, das kann es nicht.

Du hingegen würdest sofort daran zweifeln, der Vater zu sein, sollte dein Nachkomme eine recht südländische, asiatische oder afrikanische Hautfärbung und Aussehen aufzeigen, nicht wahr?

Und genau dafür ist dein Verstand einmal eingerichtet worden. Dein Herz könnte sicherlich für das exotisch anmutende Baby echte Vaterliebe entwickeln, als wäre es dein eigen Fleisch und Blut, jedoch dein Verstand würde zweifeln und im beschriebenen Fall das Kuckucksei enttarnen.

Unser Verstand ist schon eine herrlich brauchbare und nützliche Einrichtung!"

„Aber was kann ich tun und woher weiß ich, was das Richtige ist?"

„Höre deinen Verstand an!
Lausche, was er dir zu sagen hat!
Prüfe, was er dir raten will!
Jedoch, entscheide stets mit deinem Herzen."

„Nun bin ich wieder verunsichert, denn ich erkenne meine nächste Handlung nicht."

„Stelle dir eine Waage mit zwei Waagschalen vor.

In die eine wirfst du all deine Zweifel hinein und in die andere alle guten Seiten, die eine Beziehung mit Isabell hervorbringen vermag und du wirst sehen, die Waage wird in eine Richtung ausschlagen.

Sprich mit Isabell, sag ihr, was dein Herz für sie fühlt, doch berichte ihr auch, woran dein Verstand seinen Zweifel hegt. Wenn ihr Herz das Gleiche für dich empfindet, dann wird sie dir Zeit schenken, damit du dein noch fehlendes Grundvertrauen aufbauen magst.

Es sollte jetzt natürlich keine Jahre andauern, bis es bei dir herangereift ist.

Siehe es einmal so:

Nun existiert bei dir ja schon ein gewisses Grundvertrauen, nur eben nicht genug davon. Aber im Grunde kann man diese Art des Vertrauens auch mit einer Pflanze vergleichen, denn es wächst genauso, wie sein Vorbild aus der Natur, indem man es richtig pflegt, düngt, gießt und am richtigen Platze aufbewahrt.

Eben, nicht mit zu viel, aber auch nicht mit zu wenig Sonne der Aufmerksamkeit beider beschenkt.

Es ist leider nicht möglich, dass sich das Grundvertrauen sofort und zu 100 Prozent einstellt. Es bedarf immer eines langanhaltenden Wachstumsprozesses.

Also, nimm dir die Zeit und wenn du es Isabell genau erläuterst, wird sie es verstehen, denn auch sie wird ihres aufbauen müssen.

Nur stelle es richtig an! Frage auch sie, woran sie an deiner Person Zweifel hegt. Wahrscheinlich zweifelt auch sie und denkt, was ist, wenn ich altere und meine Schönheit verblasst? Wird er dann immer noch bei mir bleiben oder nimmt er sich dann eine jüngere Schönheit und schickt mich in die Wüste?
Auch sie muss zu dir Grundvertrauen aufbauen und das bedarf des Faktors Zeit.

Vertrauen ist ein hohes und wertvolles Gut der Wertvorstellung, welches man nur verschenken kann mit dem Wunsch oder auch der Bedingung, es nicht zu enttäuschen.

Hier kannst du sicher sein, dass dein Verstand stetig auf der Hut sein und dir signalisieren wird, wenn er Zweifel hegt. Wenn dein Herz noch eine Antwort haben will, bevor du voll und ganz das Verlieben zulassen kannst, stelle ihr die Frage nach ihren persönlichen Werten und lass sie ausführlich über ihre wichtigsten Wertvorstellungen berichten.
Frage dich, teilt sie dieselben Werte mit dir, teilst du ebenfalls die ihrigen?
Hier solltest du deine Werte und Wertvorstellungen mit einem hohen Deckungsgrad wiedererkennen können und vorfinden.
Dein Verstand wird in der folgenden Zeit sehr genau und wachsam beobachten, ob sie sich nach ihren

eigenen Werten und Regelvorstellungen verhält, oder ob
sie ihre eigenen Worte nachlässig missachtet!
Dann wird er in der Regel laut Alarm schlagen.
Sei dir darüber gewiss.
Achte darauf!

Zum Vertrauen, muss man die Flanken öffnen

Grundvertrauen bedeutet für dich aber auch, dass du ein
Stück deine empfindlichen Flanken öffnen musst.
Damit einhergehend wirst du im überschaubaren Maße
eine gewisse Verletzlichkeit zulassen und in Kauf
nehmen. Okay, das mag sich jetzt für dich wie ein
Risiko anhören!
Ist es auch, jedoch nur ein kleines und zumutbares.
Sicher, du machst dich gegebenenfalls dadurch angreif-
bar und verletzlich, doch nur im begrenzten Ausmaß.
Öffne sie so weit, wie es nur geht, aber entsende auch
ein paar wachsame Verstandssoldaten zur Beobachtung
dorthin. Sie werden dir ganz sicher berichten, wenn sich
Ungewöhnliches ereignet und du in Folge lieber noch
misstrauischer werden solltest, dann verschließe nicht
die Augen davor oder sei naiv gutgläubig.
Jedoch sei nicht übertrieben eifersüchtig."

**Denn Eifersucht ist eine Leidenschaft, die mit
Eifer sucht, was Leiden schafft, ergo sucht
man mit Eifer, was einem Leiden verschafft.
Oder anders ausgedrückt – Eifersucht ist eine
Sucht, die sucht was Leiden schafft.**

Nun äußert sich der Bürgermeister und meint, er habe den Weisen sehr wohl verstanden und ist der Meinung, von nun an seine richtige Handlungsweise erkannt zu haben. Er schloss noch das Gespräch mit einem Lob und meinte weiter, die Weisen würden nicht umsonst die Lösungsdenker genannt, denn er habe heute ebenfalls für sein aus seiner Sicht unlösbares Problem mit dem Zulassen eine einfache und umsetzbare Lösungsformel erhalten.

Grundvertrauen muss wachsen wie eine zarte Pflanze, die von beiden Parteien gepflegt werden muss.

Bereits beim nächsten Treffen will er mit seiner geliebten Isabell darüber sprechen und ist jetzt schon gespannt wie ein Flitzebogen, wie deckungsgleich beider Wertvorstellungen sein mögen.

Verbesserung und Ratschläge zulassen

Am folgenden Morgen brechen sie schon früh in die Amtsstube auf, um mit den Mitarbeitern zu sprechen. Hier muss der Weise unter Beweis stellen, dass er sich in die Amtsträger hineindenken kann. Wie der Bürgermeister es noch am Abend zuvor berichtet hatte, alle wehren sich gegen Ratschläge und Verbesserungsvorschlägen jedweder Art, was ein effektives und effizientes Arbeiten verhindert. Nicht einer will von seinem Kollegen einen Verbesserungsvorschlag zulassen, um ihn dann in der Folge umzusetzen. Niemand will von einem anderen Amtskollegen oder von außerhalb Ratschläge zulassen, deshalb werden sie stetig abgewehrt.

Der Bürgermeister hat alle in den großen Versammlungssaal zu einer Klausur gerufen. Bereits, als der Weise den Saal betritt, nimmt er eine Aura der Ablehnung wahr. Alle sitzen ihm mit verschränkten Armen gegenüber und ihre Blicke verraten, ein jeder fragt sich: „Na, was mag der alte Zausel uns schon zu sagen haben? Was soll **der** uns schon besonders beibringen, außer dummes Geschwätz?"
Der Weise schaut sich jeden einzelnen von ihnen eine Weile an, schlendert dabei gemächlich durch die Reihen und legt, wenn sich die Gelegenheit dafür bietet, seine faltige Hand sanft auf die Schulter, als wenn er denjenigen beruhigen wolle und im Geiste zu ihm sagt: „Ganz ruhig, mein Lieber, ich tue dir nichts und will dir ganz bestimmt auch nichts Böses!"
Sodann schritt er langsam und erhaben nach vorne, von wo aus die ganze Zeit der Bürgermeister das Szenario beobachtete.
Der Weise beginnt mit den Worten: „Nun will ich euch eine Geschichte erzählen."
Da platzt es aus einem der Anwesenden heraus:
„Ach, befinden wir uns hier etwa in einer niedlichen Märchenstunde? Dann möchte ich doch lieber wieder an meinen Arbeitsplatz zurückkehren dürfen, denn ich habe noch viel zu tun und für sowas wenig Zeit."
Der Weise entgegnet mit ruhiger und gelassener Stimme: „Das kann ich nicht für dich entscheiden, aber stell dir nur einmal vor, alle kommen später zurück und reden nur noch über das zuvor Gehörte und du bist der Einzige, der nicht mitreden kann und der auch kein

Wort von dem versteht, von dem, was du fortwährend hören wirst. Ist das nicht viel unangenehmer für dich? So bleibe, und wenn es dir nicht gefällt, was du hörst, stehst du einfach auf und gehst an deinen Arbeitsplatz, allein du entscheidest das!"

Die Geschichte der widerspenstigen Narzissen

Es ist ein schöner Frühlingstag, die Sonne scheint herrlich vom strahlendblauen Himmel, die Luft duftet so paradiesisch frisch vom seicht schwindenden Morgentau. Der von der sanften Morgensonne erwärmte Wind streichelt zart die Haut und alles in der Natur lässt scheinbar tiefenentspannt die Seele baumeln.
Die Blumen strahlen auf der bunten Frühlingswiese scheinbar farbenprächtig um die Wette.
Die Luft ist erfüllt mit allerlei Gefliege und überall summen die Bienen als leise Frühlingsboten umher.
Alle Blumen der Streuwiese öffnen sich, um der Biene Nahrung zu sein.
Nur die widerspenstigen Narzissen weigern sich, ihre Blüten zu öffnen. Wenn man sie nun fragte, warum sie sich verschlossen hielten, um damit die Bienen jäh abzuwehren, antworteten sie: „Ich öffne doch nicht meinen Kelch, offenbare somit meinen ungeschützten, verletzlichen Schoß und lass die ungestümen Bienen meinen lieblichen Nektar kosten, ihn gierig schlecken. So lass ich sie doch nicht tollpatschig, wie sie sind, grob auf meinen zarten Nüstern und Dolden herumtrampeln, diese mit ihren schmutzigen Tapsen betreten, diese groben, behäbigen und pummeligen Körper, diese trampelig wirkenden Parasiten in mir umherpoltern."

So blieben die Blütenkelche der widerspenstigen Narzissen fest verschlossen, sie wehrten die Bienen damit erfolgreich ab. Jedoch wenig später bemerkten die wehrhaften und ablehnenden Narzissen, alle anderen Blütenpflanzen ließen sich durch die Bienen befruchten, konnten sich dadurch hervorgerufen weiterentwickeln, pflanzten sich fort und vermehrten sich somit auf den ganzen Streuwiesen der Gegend.

Nur die Narzissen verschwanden von Tag zu Tag immer mehr aus dem bunten Bild der Wiesen.

Ihre eigensinnige Entscheidung, sich zu verschließen, hatte weitreichende Folgen für ihre weitere Population, damit für ihren eigenen Fortbestand und ihre Existenz.

Die Blumen in ihrer direkten Nachbarschaft, die den Narzissen dementsprechend vis-á-vis gegenüberstanden, sprachen diese an und wollten ihnen Rat schenken. Doch in ihrer Arroganz lehnten die Narzissen jede Einmischung durch gut gemeinte Ratschläge ab. Alle Verbesserungsvorschläge, die die Verbreitung wieder aufleben ließen, wurden gleich im Keim erstickt und untersagt, ignoriert oder einfach nicht befolgt.

Doch einige um ihren Fortbestand besorgte Narzissen sprachen später dann doch mit den Blumen in ihrer direkten Umgebung, denn sie begriffen den Grund ihres allmählichen Verschwindens aus dem Bild der Wiesen und Felder.

Nachdem sie sich allmählich gegen ihre fortschreitende Abwehrhaltung den Bienen als Dienstleister gegenüber öffnen und eine Bestäubung durch die Insekten wieder zulassen wollten, erschien es zu spät, denn jedwedes Fluggetier mied seitdem die widerspenstigen Narzissen. Die Gattung der Narzissen erkannte ihre Eitelkeit, die beinahe ihren kompletten Niedergang bedeutete, und änderte im letzten Moment die nun dümmlich wirkende Verhaltensweise.

Doch die Bienenvölker nahm ihnen die Beleidigungen übel, so weigerten sie sich nun ihrerseits, ihre Dienste erneut aufzunehmen. In ihrer Verzweiflung bettelten die einst so eingebildeten Narzissen die Insekten förmlich an, doch wieder für ihr Überleben zu sorgen und sie boten an, alles Erdenkliche dafür zu leisten.

Die Bienen berichteten davon ihren Königinnen und diese erbarmten sich, wollten der widerspenstigen Gattung aber eine klare Lektion erteilen, damit auch alle anderen Blumen von der gegenseitigen Abhängigkeit erfahren. Sie wollten, dass alle erkennen sollen, dass die Insekten nicht nur den süßen Nektar naschen, sondern dafür als Gegenleistung auch bereitwillig ihre Dienstleistung verrichten und für den Fortbestand aller Pflanzen sorgen. Sie wollten die Narzissenblüte nur unter einer Voraussetzung wieder anfliegen:

Der Bedingung, wenn diese sich ihrerseits mit der Strafe einverstanden erklärten, als erste Blume im noch frühen und kalten Jahr zu erblühen.

Die Narzissen sollen von nun an die erste Blüte des Frühlings zeigen und damit als Frühlingsbote dienen.

Nachdem sie diese Strafe angenommen haben, kamen die Bienenvölker als Bestäuber zwar nur sehr zögerlich und sehr langsam zurück, aber sie kamen immerhin zurück.

Seitdem haben die einst widerspenstigen und für die Bienen verschlossenen Blütenkelche aller Narzissen keinen Hochsommer mehr miterleben dürfen.

Das ist das Ende der parabelhaften Geschichte.

Jetzt kennt ihr den Grund, warum die Narzissen als erste Blume im Frühjahr in voller Blüte steht!
Weil sie es von den Bienenköniginnen als eine Art Strafe auferlegt bekamen.

An dem Beispiel der wehrhaften Narzissen kann man gut die Stufen vier, fünf, sechs und sieben erkennen, die zum Zulassen genommen werden müssen.

Stufe 4 bis 7 des Zulassens!

4. **Stufe – bereit sein, etwas zu geben**
   Nur wenn wir in der Lage sind, bereitwillig und ohne Bedingungen zu geben, ist ein Zulassen möglich.
   Dahinter steckt die Angst, ohne Gegenleistung zu geben und damit gefühlt zu verschwenden.

5. **Stufe – bereit sein, etwas zu empfangen**
   Nur, wenn wir in der Lage sind, freiwillig und mit offenen Armen zu empfangen, ist Zulassen möglich.
   Hier steckt die Angst dahinter, eben nur etwas zu erhalten, verbunden mit der Erwartungshaltung einer angemessenen Gegenleistung.

6. **Stufe – bereit sein zum gegenseitigen Austausch**
   Geben, um des Gebens wegen –
   Empfangen, um des Empfangens wegen.
   Die Erwartungshaltung aufgeben, gleichwertiges zurückzubekommen. Wer Liebe verschenkt, darf nicht die Erwartungshaltung hegen, Liebe zurückgeschenkt zu bekommen.

7. Stufe – Veränderung zulassen

Bereit und willens sein, Änderung durch den anderen zu erfahren, ohne das Gleiche von ihm einzufordern.

Der Amtsträger, der eben noch gehen wollte, um seiner Arbeit nachzukommen, blieb wie alle anderen im Versammlungsraum sitzen und hörte sich die Geschichte über die widerspenstigen Narzissen bis ganz zum Schluss an.

Nun schauten der Bürgermeister und der Weise in sehr nachdenklich dreinblickende Gesichter. Schon wurden die ersten Fragen aus den Reihen der Zuhörer gestellt und eine langandauernde Diskussion nahm ihren Lauf und stellte damit die Initialzündung für den somit eingeleiteten Veränderungsprozess in der Verwaltung dar.

Der Bürgermeister war entzückt und hoch erfreut darüber, weil die Metapher von seinen Leuten so gut aufgenommen wurde und noch Wochen danach niemand in der Stadtverwaltung als eine widerspenstige Narzisse bezeichnet werden wollte.

Manch ein Kollege erlaubte sich einen Spaß und stellte oder hinterlegte bei rückfälligem Verwehren oder sich zu zögerlich ändern wollendem Abwehren einfach eine Narzisse auf den Amtstisch und schon wurde die Botschaft ganz ohne das Dazutun von Worten verstanden.

Heilung zulassen

Von dieser guten Aufnahme der fabelhaften Geschichte des Weisen, und im Umfang unerwarteten Umsetzung seiner Mitarbeiter motiviert, brannte der Bürgermeister förmlich darauf, den nächsten Problemfall des schweren Abwehrens aufzusuchen. Es handelt sich um einen kranken Mann, dem aus Sicht des Dorfschamanen und Gemeindemediziners rasch geholfen werden könne, wenn er doch nur eine einfache Behandlung durch seine Person und seine Medizin zulassen würde. Die beiden waren sich aber seit geraumer Zeit spinnefeind und trauten einander kaum mehr über den Weg. So ließ der Kranke den Schamanen nicht einmal zu sich und wehrte früh jeden Heilungsversuch ab. Er verweigerte ihm nicht nur den Zutritt zu seinem Haus, nein, er verwehrte dem Medizinmann allein schon, dass er sich auf wenige Schrittlängen näherte.

Der Kranke bezeichnete ihn stets abfällig als Quacksalber und Scharlatan, der sich prahlend anmaße, Krankheiten besiegen zu können und heilende Hände zu haben.

Er ließ nicht ein gutes Haar am Schamanen.

Doch der Mediziner hatte in der nahen Vergangenheit sehr wohl überraschende Erfolge der Spontanheilung vorzuweisen. Selbst dem Bürgermeister konnte er noch vor wenigen Tagen aus einer schweren Bettlägerigkeit herausbringen und überraschend schnell wieder auf die gesunden Beine verhelfen.

Dieser wurde von schweren Fieberschüben außer Gefecht gesetzt, die ihn selbst nach Tagen noch schwächten und immer wieder in schwere deliriumartige Zustände versetzten. Davon motiviert und zutiefst überzeugt, wollte der Bürgermeister nun den Kranken ebenfalls überzeugen den Schamanen zu sich zu lassen. Doch zu wehrhaft und ablehnend stand dieser seinem Spinnefeind gegenüber.

Man hörte ihn immer wieder erbost poltern:

„Ich lasse mich doch nicht zu einem Versuchskaninchen missbrauchen und setze mich und meine Genesung seiner Scharlatanerie aus."

Jedoch seine Gattin war mittlerweile schwer besorgt, weil das Krankenbild eine tägliche Verschlechterung vorwies. Außerdem fehle ihr Mann bei den täglich zu verrichtenden Arbeiten auf den Feldern, die sie nun allein und ohne sein Dazutun erledigen musste. Doch sie konnte auf ihren Ehemann einreden, wie sie nur wollte, er ließ, wie eben geschildert, den Dorfmediziner nicht einmal in seine Nähe treten.

So stattete der Bürgermeister gemeinsam mit dem Weisen einen Hausbesuch ab und hoffte, der Lösungsdenker finde Überzeugungskraft und bringt somit den Kranken zurück zur Besinnung und Vernunft.

Der Besuch wurde aus reiner Vorsicht als nett gemeinter Krankenbesuch angekündigt, weil man ansonsten befürchten musste, er wäre vom Betreffenden nicht zugelassen worden. Diese kleine List war aber notwendig, um Zutritt zum Kranken zu bekommen.

Während der Weise am Krankenbett saß und so über dies und das plauderte, hinterfragt er recht scheinheilig, warum er denn nicht von dem Dorfmediziner Hilfe zulassen wolle. Unverzüglich und in heller Aufregung bellt der Kranke ihm seine Gründe entgegen.

Doch die Begründungen lagen allein im zerrütteten persönlichen Bereich der beiden Kontrahenten.

Nur wegen einer längst vergangenen Streitigkeit, die jedoch nicht vergessen schien, wehrte sich der Kranke gegen eine Behandlung durch den Schamanen.

„Ach, wissen sie, weiser Mann aus dem fernen Dorf der Lösungsdenker, nun bin ich schon so lange krank und ich haben mich meinem Schicksal ergeben und füge mich ihm. Scheinbar ist meine Krankheit unheilbar und ich werde daran eines Tages elendig zugrunde gehen. Ich glaube nicht im Geringsten daran, dass dieser Quacksalber von simplen Schamane mich heilen kann, geschweige denn für ein wenig Linderung sorgen wird. Der Kerl will sich doch nur wichtigmachen, indem er behauptet mir helfen zu können. Aber ich bin absolut davon überzeugt, bevor **der** mir Linderung verschafft, wächst mir eher Gras aus den Ohren."

Der Weise stieß ein kleines, aber gut vernehmbares „Ha" heraus und sprach:

„Das ist ja witzig, aber eine ähnliche Einstellung und Meinungsbild teilte ich in vergangenen Tagen, einst, vor vielen Jahren auch. Es stand zwar in einem anderen Zusammenhang, aber kann hier jedoch von mir durchaus als Vergleich herangezogen werden. Denn auch ich, der als Weisester unter den Weisesten des Dorfes der Lösungsdenkenden gelte, der schon damals meinte, bereits alles zu wissen und gesehen zu haben, wurde eines Besseren belehrt. Dazu werde ich dir gleich eine Geschichte aus meinen Dorf erzählen. Aber vorher bitte ich dich: Lass auch einmal einen anderen Gedanken zu, als den, dass der Dorfschamane dir etwas Böses oder Übles will! Lass auch Gedankenspiele zu, er will dir lediglich nur helfen. Lass zu und erkenne, dass du Hilfe brauchst. Und lass eben **nicht** zu, dass dein Groll, deine Wut und Abneigung dem Schamanen und seiner Naturmedizin gegenüber, die schon zahllosen Menschen geholfen hat, die Oberhand gewinnen und dich somit weiterhin in deinem elenden Krankenbild gefangen halten. Lass zu, dass sich deine Selbstheilungskräfte einstellen können und ihres Amtes walten und lediglich durch den Mediziner geweckt und unterstützt werden. Genau so ist es!

Deine Heilungskräfte sind bereits in dir. Sie schlummern bloß im Geheimen vor sich hin und müssen nur kurz Unterstützung finden und erweckt werden. Und gerade dabei ist dir der Schamane ein wichtiger Verbündeter.

Gehe im Zweifel oder aber, wenn du ihm den Triumph nicht gönnen willst, einfach davon aus, es ist eben die verabreichte Medizin, die dir hilft und nicht die Person, aus dessen Händen du sie erhältst.

Die unglaublichen Heilkräfte der Natur

„Zu jener Zeit herrschte bei uns im Land der heißeste Sommer seit Menschengedenken. Zu Anfang genossen wir alle die schönen und warmen Temperaturen mit den unwahrscheinlich zahlreichen Sonnenstunden, die bereits im Frühsommer unsere Gemüter ausgiebig verwöhnten. Als dann der Hochsommer kam, ahnten wir, unsere Ernten würden sicherlich leiden. Das Quecksilber stieg in schwindelerregende, nie gesehene Höhen und schien bald regelrecht überzukochen. Die Felder und Wiesen waren mittlerweile knochentrocken und es herrschte Dürre im ganzen Land. Der Pegelstand unseres nahegelegenen Sees, der schon immer als Trinkwasserreservoir diente und uns stets zuverlässig mit Frischwasser versorgte, sank rapide ab und zeigte ebenfalls nie gesehene Tiefstände.

Die Bäume in unserer Umgebung verloren auch schon die ersten Blätter, was für diese Jahreszeit als besonders zeitig gelten durfte.

Dann passierte das wahrscheinlich Unvermeintliche und die ausgetrockneten Wiesen mit ihrer Fauna und Flora entzündeten sich von selbst und brannten kurze Zeit später lichterloh und verdunkelten dadurch den Himmel. Die gierigen Flammen machten auch vor unserem nächstgelegenen Wald keinen Halt, obwohl wir redlich versuchten, mit einer breiten Feuerschneise sie daran zu hindern, sich begierig über den alten Baumbestand herzumachen. Wir, als einfache Menschen, standen machtlos diesen Gewalten der Feuersbrunst gegenüber und konnten nur noch zusehen, wie das Flammeninferno sich Meter für Meter in Windeseile durch den Buchenwald fraß. Es dauerte Tage, bis die Flammen erloschen und nur noch glühende Nester sich müde dampfend und stinkend über die Reste hermachten, bis nichts mehr übrig war. Nur noch schwarzgekohlte Säulen der stolzen Baumriesen zeugten von der einstigen Existenz unseres geliebten Waldes.

Der Schattenspender diente uns vor seinem Niedergang als Ruheoase und Kräutergarten zugleich und nun war er nicht mehr da. Den nimmersatten Flammen zum Opfer gefallen, unwiederbringlich tot und für immer verschwunden. Die Erde war bis herunter ins Erdreich verkohlt und überall lag alles voller toter, schwarzer Asche und zeugte vom Ende jedweden Lebens.

Alles verbrannt und scheinbar auf ewig dem Leben entrissen.

Ich hätte mir seinerzeit niemals, nicht einmal mit meinem kühnsten Vorstellungsvermögen, vorstellen können, dass dort auf der verbrannten und verkohlten Erde jemals wieder etwas wachsen und gedeihen könnte.

Zu tief ins Erdreich hat sich die gierig totbringende Glut hineingefressen und nichts Lebendiges übriggelassen.

Als dann aber der erste Regen nach dem vernichtenden Inferno kam, hörte zuerst der Ascheflug auf, der uns zwang unsere Wäsche im Hause zu trocknen und eine Art Reizhusten bei nahezu jeden auslöste. Nachdem einige Regenfelder über unser Land hinwegzogen, ließ langsam der stinkende Geruch verkohlten Waldlebens allmählich nach. Und nur wenige Wochen nach der Feuersbrunst kamen einige Dorfbewohner in heller Aufregung ins Dorf gerannt und berichteten, erstes, zartes Grün in den Aschefeldern erkannt zu haben.

Die Berichte ließen unsere betrübt dreinblickenden Gesichter ins Erstaunen versetzen. Das wollte auch ich sodann mit eigenen Augen sehen. Zu unmöglich erschien selbst mir, als ewigem Optimisten, die waghalsige Berichterstattung vom jungen Leben in für auf ewig totgeglaubter Erde.

Doch sie hatten tatsächlich recht, auch ich erkannte erste Anzeichen junger Pflanzen.

Doch, wie kann das sein?

Woher kam das neue Leben?

Die Asche war tot bis tief ins Erdreich hinein!

Wie konnte das nur möglich sein?

Es fühlte sich für mich wie ein Wunder an.

Ja, in meinen Augen war es ein Heilungswunder der Natur und unserer Mutter Erde selbst. Wir hatten die Aschefelder aufgegeben und akzeptiert, sie ohne jede Chance auf neues Leben zurücklassen zu müssen.

Doch von diesem Wunderanblick deutlich bestärkt und der Unterstützung der Mutter Natur gewiss, fingen wir an, die Ascheflächen zu renaturieren und zu kultivieren.

Viele Tage lang pflanzten wir von den frühen Morgenstunden bis in die tiefe Nacht Saat um Saat, Keimling um Keimling, Pflanze um Pflanze, um Muttererde und

Asche vor Erosionen an Ort und Stelle zu binden, damit wir in den kommenden Monaten mindestens mit einer grünen Flora und Fauna beglückt werden.

Später, in vielen Jahren vielleicht, sollen wenigstens für unsere Kinder oder Enkelkinder wieder Wälder entstehen, damit sie Bruder Forst in der Zukunft auch als eine Ruheoase und einen schönen Kräutergarten nutzen können. Sicher, die Natur hätte es ganz bestimmt auch ohne unsere Hilfe geschafft, eines Tages wieder sattes Grün auszubilden, aber **mit** unserer Hilfe ging es wesentlich schneller und effizienter.

Überraschende Wege der Selbstheilung

Heute weiß ich, die Natur und das Leben selbst finden immer einen Weg des Heilungswunders, eben ausgelöst durch einen Prozess der Selbstheilung, um sich selber zu regenerieren. Wenn man die absolut richtigen Zutaten hat, heilen sich das Leben und die Natur in einem scheinbaren Wunder von selbst. Doch wir konnten den Prozess der Heilung durch unser Dazutun gewiss noch ein wenig beschleunigen.

Und jetzt, kranker Mann, stelle dir vor, du könntest genau solch ein Heilungswunder an dir selbst erleben. Nicht der Schamane heilt dich, sondern Mutter Natur und das Leben selbst. Der Schamane wird nur, wie einst wir, Saat um Saat, Heilkraut um Heilkraut, Kräutertinktur um Kräutertinktur dir zugeben, um dein Heilungswunder zu beschleunigen, damit du den Prozess der Selbstheilung besser und schneller durchlebst und somit rasch hinter dich bringst.

Ich gelte als der Weisester meines Dorfes, dem Ort, welcher im ganzen Land als Herberge der Lösungsdenker bekannt ist. Bist du nicht auch der Meinung, wenn selbst ich jene damalige Selbstheilung des Waldes nicht voraussehen konnte, es noch nicht einmal für möglich gehalten hätte und mich somit geirrt habe, dass es Dinge zwischen Himmel und Erde existieren, die wir als Mensch einfach nicht erfassen können?

Nehmen wir nur einmal an, nur einmal ganz vorsichtig, der, wie hast du den Schamanen eben noch genannt?

Ach ja, der ‚Quacksalber‘, reicht dir einen Kräutertrunk, der deinem Körper, wie damals dem Wald, Regen schenkt, dadurch Samen der Heilung und des gesunden Lebens sprießen und dich wieder aufstehen lassen, dass es doch mehr mit dir und deiner Selbstheilung zu tun hat, als mit ihm und seinen Kräuterkünsten?

Jedoch lass den Schamanen jenen Prozess durch die Hinzugabe seiner Kräutermixtur beschleunigen.

Oder liegst du hier etwa gerne im Bett und schaust zu, wie deine arme Frau draußen auf den Feldern einsam bis zum Umfallen schuftet?

Ist es dir lieber, den Zwist mit dem Dorfmediziner aufrecht zu erhalten, als dort draußen deiner Ehefrau hilfreich zur Seite zu stehen, um deine Felder zu bestellen?"

Natürlich ließ der Kranke nach dieser überzeugenden Ansprache des Weisen den Schamanen zu sich, begrub das Kriegsbeil und nahm dankend die Medizin und ließ somit seine eigene Heilung zu.

Auf dem Rückweg diskutierten der Weise und der Bürgermeister noch eine ganze Weile darüber, wie sie die Abwehrhaltung der anderen Dorfbewohner ausmerzen können. Auf ihrem Heimweg kamen sie auf folgende Weisheiten des Zulassens, die sich der Bürgermeister in einer Art Liste gleich aufschrieb. Er wusste, diese Weisheitsliste wird ihm in naher Zukunft noch häufig sehr dienlich und nützlich sein.

Weisheiten des Zulassens

➢ Manchmal muss man etwas zulassen, um etwas Anderes in Gang zu setzen.

➢ Das Wort Zulassen hat viele sehr unterschiedliche Gesichter mit unfassbar zahlreichen Fassetten in seiner Mimik.

➢ Zulassen ist ein gesundes Wort, denn es stößt zumeist einen Prozess an.

➢ Nicht sehr selten muss man etwas zulassen und damit geschehen lassen, um überhaupt irgendwas zu verändern.

➢ Es ist auch eine aktive Wortbildung, denn ich muss mich proaktiv dafür entscheiden, etwas in meinem Leben zuzulassen.

Somit muss ich mich zum Zulassen direkt und unmittelbar entscheiden. Sinnbildlich gesprochen, strecke ich meine beiden offenen Hände freiwillig und proaktiv einem zweiten Händepaar entgegen und wenn ich es zugelassen habe, nimmt man sich an die Hand und einer kann dem anderen seine Sichtweisen schenken und ihm neue Erkenntnisse darbieten, damit eine Weiter- und Fortentwicklung anstoßen und in Gang setzen. Ein jeder kann versuchen, einen Veränderungsprozess in Gang zu setzen, jedoch ohne das Zulassen auch der anderen Seite wird nichts geschehen.

➢ **Wenn man keine Einflussnahme zulässt, wie soll sich ohne sie etwas Neues ergeben?**

➢ **Wenn man keine Organisation zulässt, wie soll sich Struktur und eine Ordnung einstellen?**

➢ **Selbst Einmischung sollte man dann und wann zulassen, um andere Sichtweisen zu erhalten. Wenn sich jemand einmischt, kann es zum Beispiel in einem Gespräch eine völlig andere Wendung nehmen, die ohne Einmischung verborgen geblieben wäre.**

➢ **Andere Sichtweisen ermöglichen es, Einsicht zuzulassen. Manchmal muss man sich auf den Stuhl desjenigen setzen, der einem gegenübersitzt, um aus seinem Blickwinkel und seiner Position heraus seine Sichtweise zu verstehen.**

➢ **Natürlich muss und sollte man auch Zweifel zulassen, denn in so manch** einem Zweifel steckt nur zu häufig auch eine positive Energie, *die positive Kraft des Zweifelns* eben.

➤ In diesem Zusammenhang sollte man auch innere Stimmen zulassen.

Sie senden einem Botschaften, die man sich ruhig einmal genauer betrachten sollte.

➤ Das bringt mich zur Experimentier- freude, die unbedingt zugelassen werden sollte.

➤ Ein jeder kennt es, die schier unendli- che Neugierde kleiner Kinder, die stets und unablässig Fragen nach dem Warum stellen? Oder: Wieso ist das so? Weshalb muss das so sein?

Eine Eigenschaft, die den Eltern schnell auf den Geist gehen, weil sie auf Dauer nerven können.

Jedoch ist es wichtig, dass Erwachsene diese Neugier, alles und ein jedes wissen zu wollen, zulassen. Den Faden noch weitergesponnen, fordere ich alle auf, sich eben diese kindliche Eigen- schaft bis ins hohe Alter zu bewahren. Das Leben besteht aus einem fortwäh- renden Prozess des Dazulernens.

➢ Diskussion sollten wir zulassen, sonst lernen wir niemals andere Meinungen und Sichtweisen kennen.

➢ Protest sollten wir zulassen, um anderen Meinungen ein Feld zu geben.

➢ Meinungsvielfalt, eine Grundvoraussetzung für Demokratie, muss zugelassen werden.

➢ Andersartigkeit sollte ebenfalls unbedingt zugelassen werden, zumindest, wenn man gegen Uniformität, absoluten Gleichklang und schnöde Tristes ist, man bunte Farben liebt und damit die Vielfalt der Natur.

Die beiden schäumen auf ihren kurzen Weg geradezu über vor neuen Ideen und der weise Lösungsdenker wusste, es ist vonnöten, denn der Bürgermeister wird auch nach seiner Abreise noch viel Überzeugungsarbeit zu leisten haben.

Schmerzlicher Verlust eines Familienmitglieds

Der Weise hatte es bereits früh am Morgen erfahren und eilt sofort zu seinem neuen Freund, dem Abgesandten, welchem er es schließlich zu verdanken hatte, hierhergekommen zu sein. Eben jener Gesandte, zu dem er, obwohl er nahezu dreimal so alt ist wie er, eine enge freundschaftliche Fehde fühlt.

Plötzlich und unerwartet ist am Vortag die Mutter des liebgewonnenen Freundes jäh aus dem Leben gerissen worden. Ein misslicher und einfach anmutender Unfall führte zum Tode und hinterließ die gesamte Familie in einer Art Schockstarre unvorbereitet im Diesseits zurück. Vom quälenden Schmerz und Fassungslosigkeit bewusstlos betäubt und gefühlt von Sinnen wusste der Gesandte nicht, wohin mit seinem grausamen Schmerzensgefühl und mit all seiner Wut auf alles und jeden?

Seinen Glauben infrage stellend, sein momentanes Gottesbild mit den Worten „Scheiß Gott" zu betiteln. Alle Personen anklagend, die an diesem Schicksalstag eben **nicht**, wie an den unzähligen vorherigen, seine Mutter besuchten und damit aufhielten, ablenkten oder einfach nur beschäftigten, um sie somit dem Unfallgeschehen aus dem Wege zu schaffen und dem Sensenmann damit ein Schnippchen zu schlagen. Warum war an diesem Tag niemand zugegen, der das Eintreffen des brutalen Ereignisses verhinderte? Besonders griesgrämig und übel war er seiner eigenen Schwester gegenüber, die behauptete, bereits vorher ein echt schlechtes Gefühl, nahezu eine fürchterliche Vorahnung gehabt zu haben. Er warf ihr immer wieder anklagend vor: „Wenn du es wusstest, warum hast du es zugelassen? Warum lässt du geschehen, dass etwas Entsetzliches passiert? Wie nur konntest du es zulassen und hast es nicht verhindert?

Schon aus weiter Entfernung hörte man ihn schreien und wehklagen: „Oh Gott, warum nahmst du sie?
Viel zu früh … zu früh aus ihrem Leben gerissen!
Gib sie uns zurück und nimm mich an ihrer statt.
Ja, nimm mich statt sie!
Ich biete dir mein Leben im Austausch mit ihrem an.
Nimm mich und lass sie auf Erden zurückkehren.
So schrecklich kannst und wirst du nicht sein?!
Gib sie uns zurück und nehme mein Angebot an!“

Der Weise eilte rasch herbei, wollte nur Trost und Beileid schenken. Der junge Gesandte sah ihn kommen, ging ihm entgegen und der Weise schloss ihn in seine Arme. Nun kannte der Tränenfluss des jungen Freundes kein Halten mehr und er ließ seiner Trauer und seinem Entsetzen freien Lauf heraus.
Der Alte klopft ihm verlegen die Schulter und wiederholt immer wieder den einen Satz: „Ja, mein Sohn. Es ist gut Trauer zuzulassen, lass zu, dass dein Schmerz heraus kann. Lass nicht zu, dass er sich aufstaut und dich somit irgendwann auffrisst oder vergiftet!“

Der einzig verwehrte Wunsch

Tage später bat der Dorfgeistliche den weisen Lösungsdenker um Hilfe, denn er wusste sich keinen Rat mehr. Der einst so gläubige und religiöse Gesandte schien seinen Gottesglauben mit dem Tod seiner Mutter verloren und aufgegeben zu haben.

So besuchte er ihn mit dem Geistlichen und sie saßen am Küchentisch und der Gesandte hinterfragte klagend: „Warum hat Gott gerade meine Mutter zu sich geholt, wie konnte er das zulassen? Ich habe mich ihm zum Tausch angeboten, aber er hat mich nicht erhört, hat meine Gebete nicht gehört und verwehrt mir meinen einzigen noch übriggebliebenen Wunsch."

Der Weise nahm sein Gesagtes auf und grübelt eine Weile, bevor er antwortet: „Schau, ich kannte deine Frau-Mutter jetzt leider nicht. Jedoch kann ich mir durchaus vorstellen, Gott wird sie im Jenseits bei sich im Himmel tatsächlich gefragt haben, ob sie im Austausch zurück auf Erden will, um ihr Leben fortzuführen. Er wird sie weiter gefragt haben, ob sie sich damit einverstanden erklärt, dass er deinen Wunsch und deine Gebete erhören soll und dich im Austausch zu sich holt.

Du kennst sie, ich nicht!

Was wird sie ihm geantwortet haben?"

„Damit wäre meine Mutter ganz bestimmt nicht einverstanden gewesen. Sie ist zwar eine gottesfürchtige Frau, aber hierbei hätte sie ihm ganz sicher widersprochen!"

„Siehst du, und damit hast du deine Erklärung und Antwort zugleich!

Darum hat Gott dein Gebet und deinen Wunsch zum Austausch auch nicht erhört, weil er dem Wunsch deiner Mutter gefolgt ist.

Nun kann ich mir lebhaft vorstellen, sie wird etwas Ähnliches wie die folgenden Worte gesprochen haben:

‚Mein Herr und Schöpfer, nun bin ich im Paradies angekommen, habe sehr wohl das ewige Himmelreich kosten dürfen und soll wieder zurück auf Erden?

Mein Sohn meint es sicherlich nur gut mit mir, doch hier bin ich glücklich, sitze zu deiner Rechten, an deiner Seite durchlebe ich die fortwährende Glückseligkeit. Nein, ich bleibe!

Hier in der Ewigkeit dauert es für Erdenverhältnisse nur wenige Augenblicke und ich sehe meine Familie geeint wieder. Mein Sohn hat das Paradies noch nicht gekostet. Seine Zeit wird sicherlich auch eines Tages kommen und dann werde ich ihn an der Himmelspforte abholen, mein Familienmitglied in Empfang nehmen und ihn herübergeleiten ins Himmelreich.

Nein, mein Herr und Gebieter, ich widerspreche dem Wunsch meines Sohnes.

Ich bleibe!'

Es ist grundsätzlich gut, dass du deinen negativen Gefühlen freien Lauf gibst und selbst Wut, Schmerz, Aggressivität und Anklage herausschreist.

Zulassen negativer Gefühle ist ähnlich wie das Zulassen eines Veränderungsprozesses, jedoch ist es hier der Verarbeitungsprozess, der in Gang gesetzt wird. Ohne das Zulassen werden negative Elemente der Gefühlsverarbeitung niemals verarbeitet und verkümmern als Fruststation und füllen mit stetigen Tropfen das irgendwann überlaufende Gift-Fass der zuvor reinen Seele. Und wenn dann später das Fass voller Gift und Schlechtigkeiten überläuft, bricht oder kippt, vergiftet es die zuvor reine Seele eines Menschen derart und all das verändert sie unabänderlich und er verfällt zumeist in tiefe und schwere Depressionen. Das Gemüt verfärbt sich für alle Tage schwarz und kein Lachen und Frohsinn will und kann mehr entstehen."

„Weiser Freund, was kann ich nur tun?

Der Verlustschmerz über meine Mutter übermannt mich schon in diesem Augenblick, frisst Verstand und Gefühlswelt auf, färbt bereits jetzt meine Seele in ein tiefdunkles Rabenschwarz."

Harte Arbeit lässt Schmerzverarbeitung zu

Der Weise gab ihm eine überraschende wie einfache Antwort, seinen Schmerz des Verlustes zu verarbeiten und damit zuzulassen, dass er von ihm nicht vollends vergiftet wird und er ihn herauslässt.

„Geh in den Wald, hacke Holz und zwar so viel, so lange und so ausgiebig, bis deine Axt kraftlos niedersinkt, du sie nicht mehr zu heben vermagst und du dann keine Wut mehr in dir verspürst.

Damit öffnest du ein kleines Ablassventil deines Gift-Fasses und lässt gezielt und langsam die brodelnden

Schlechtigkeiten herausströmen. Es kommt aber einer Schleuse gleich, die dich mit dir selbst versöhnlich sein lässt und ein Verzeihen ermöglicht.

Wenn es soweit ist, lasse es mich wissen. Entsende nach mir, lass mich holen, damit ich sehen kann, ob es genug Holz war."

„Holz hacken?!
Das soll mir helfen, weiser Mann?"

„Ja, und zwar **nur** das!"

Der Gesandte verrichtet ganze drei Tage die geforderten Arbeiten und war sich sicher, nun zumindest genügend Brennholz für die nächsten drei Jahre zu besitzen.

Der Lösungsdenker schaut sich den riesigen Berg Holz-spalte an, umrundet ihn mit langsamen Schritten und prüfenden Blicken, nahm dann und wann einen beliebigen Scheit in die Hand, schüttelt dabei mit einem „Tse, tse, tse", ungläubig den Kopf und meint:

„Gut so, … und jetzt hacke noch einmal die gleiche Menge."

Abermals nach ganzen drei Tagen und zwei zerbroche-nen Äxten später stand der Gesandte vor einem gigantischen Berg Feuerholz, der alle Betrachter ins Erstaunen versetzte. Und als der Weise zur Besichtigung erschien, schaute sich dieser zuerst die bös lädierten und zerschundenen Hände des Freundes an und sagt:

„Sehr gut mein Bester, wir kommen dem Ende langsam und allmählich näher!"

Fassungslos entgegnet der Holzhacker:

„Wir kommen dem Ende langsam und allmählich näher?

Was soll das denn heißen?

Hier liegt genügend Kaminholz für die nächsten sechs Jahre und das sogar, wenn wir sehr strenge Winter bekommen sollten!"

„Aha … so, so!

So ist das also?

Es reicht also für die nächsten sechs Jahre!

Dann hacke noch weiter, bis es mindestens für die nächsten zehn Jahre reicht. Lass mich dann erneut rufen und ich will schauen, ob es dann genug sein wird."

Weitere vier Tage später rief man den Weisen erneut herbei. Er betrachtet sich den höchsten und größten Berg mit Holzspalten, den er jemals zu Gesicht bekommen hatte und er bekam schon einige zu sehen. Jedoch unterdrückte er sein Erstaunen über den unfassbaren Schmerz seines Freundes, der nun durch den monströsen Berg sichtbar geworden ist, ließ sich davon jedoch nichts anmerken. Dann nahm er die kaputten Hände unter die Lupe, schaut seinem Freund tief und fragend in die Augen und nickt wohlwollend mit den erlösenden Worten:

„Ja, ich glaube, das sollte vorerst genügen."

Was kann es schaden, an Gott zu glauben?

Nach getaner Arbeit schlief der Gesandte am Stück mehr als 24 Stunden durch. Als er dann nun endlich ausgeschlafen hatte, besucht ihn der Weise in Begleitung des Geistlichen zum Frühstück und hinterfragt, wie es nun mit seinem Glauben zu Gott stehe.

Bevor dieser zur Antwort ansetzen konnte, sprach er:

„Zuvor du es beantwortest, möchte ich dir eines zu bedenken geben: Nun kann ich mir lebhaft vorstellen, deiner Mutter, die nun zur Rechten Gottes sitzt, wird es ausgesprochen unangenehm sein, wenn du deinen Glauben ihretwegen aufgibst und ihn durch sie verlierst. Frage dich selbst, was würde sie dir raten?"

„Meine Mutter würde es niemals gutheißen und zulassen wollen, dass ich meinen Glauben verliere oder auch nur für einen Moment infrage stelle. Zu sehr hat sie uns in ihrer Erziehung mit Gottesliebe beschenkt und aufgezogen. Nein, ihr wäre es niemals recht.

Ich erinnere mich noch sehr gut daran, wie ich als Kind einmal meine Zweifel zu Gottes Existenz hatte und mich weigerte, zu ihm zu beten.

Da sagte sie zu mir:

‚Schau, mein Sohn! Auch wenn du daran zweifelst, dass er da ist und dir helfen kann, so ist er immerfort im Himmel und sieht bei dir nach dem Rechten.

Selbst, wenn du nicht an ihn glaubst, ist er dennoch da!

Er ist großzügig! Er lässt es dich selbst entscheiden, ob du an ihn glaubst oder eben nicht.

Jetzt frage ich dich nun aber als Mutter und Mensch mit nüchternem Verstand: Was soll es schon schaden, zu ihm zu beten?

Selbst, wenn du nicht an ihn glauben solltest, so ist es doch gut, deine Probleme, deine Sorgen, deine Nöte und die jeweiligen Begehren zu ihm zu beten.

Wenn du glaubst, er ist da, dann kann er dir helfen. Solltest du nicht an ihn glauben, so schadet es doch auch nicht, deine Probleme, Sorgen, Nöte und Begehren in klaren Sätzen zu formulieren und auszusprechen, und wenn es schließlich nur für dich gut sein sollte, oder?'

Denn alles, was du in klaren, verständlichen Sätzen zu formulieren und zu fragen vermagst, wird in deinem Leben auch zu lösen und zu beantworten sein!

Der Weise ließ alle Familienmitglieder der tödlich Verunglückten in die gute Stube zu sich an den großen Tisch holen. Es war ihm ein Bedürfnis, mit allen zugleich zu reden, um sie wieder zur Vernunft zu geleiten.

„Nun weiß ich von euch, dass ein jeder dem anderen eine gewisse Teilschuld an dem Unglück eurer Mutter, eurer Frau oder auch verlorenem Mitglied der Familie zuspricht. Aber es ist mitnichten so! Keiner von euch trägt auch nur einen winzigen Krümel an Teilschuld in sich. Sie wäre auf jeden Fall verunglückt. Der Tod lässt sich nun einmal nicht überlisten und austricksen. Findet euch damit ab, dass sie nun im Paradies ist, zur Rechten Gottes sitzt und es ihr sehr, sehr gut damit geht.

Euch allen, die ihr hier auf Erden zurückbleiben musstet, geht es nicht gut damit. Doch ihr Wille wird es sein, dass ihr gut zueinander seid, dass ihr euch einander beisteht, euch gegenseitig Trost schenkt und nicht dem anderen die Schuld an ihrem Tod zusprecht.

Jetzt will und fordere ich jeden von eurer Familie auf:
Denkt an die Verstorbene so intensiv und fest, wie es nur möglich erscheint. Versucht die Stimme zu hören, ihr Lachen wahrzunehmen, versucht euch an ihr
Aussehen so detailliert wie möglich zu erinnern, auch wie sie gerochen hat, wie sie gekleidet war.

Und nun entspannt euch, lasst die Entspannung in euch eindringen, Lasst zu, dass ihr völlig entspannt.

Als Erstes möchte ich, das ihr ausschließt, der Unfall wäre auch nur durch einen aus euren Reihen zu verhindern gewesen. Ich möchte, dass ihr akzeptiert und den Gedanken zulasst, der Tod steht für jeden von uns als unausweichliches Ende auf Erden bevor. Niemand vermag ihn aufzuhalten. Keiner kann sich ihm widersetzen, sich ihm dauerhaft erwehren und ihn von sich weisen. Ein jeder von uns erfährt ihn.

Jeder von uns stirbt nun mal für sich allein.

Aber uns alle erwartet das Himmelreich, wo wir uns einst wiedersehen. Und nun entspannt euch, lasst Entspannung zu euch kommen.

Jetzt möchte ich, dass ihr euch selber verzeiht, dass ihr den Unfall nicht verhindern konntet. Weiter möchte ich, dass ihr allen anderen dasselbe verzeiht.

Als Folgendes möchte ich, dass ihr euch von ihr verabschiedet, um im nächsten Schritt zu versprechen, ihr möget einander im Himmel wiedersehen.

Seht, wie sie allen vom Himmelreich entgegenlächelt und jeden das Gleiche schwört. Schaut, wie sich langsam die Himmelspforte hinter ihr schließt.

Nun nehmt euch an die Hände und versprecht einander, eurem fehlenden Familienmitglied zuliebe aneinander festzuhalten und Trost zu schenken, wo immer es auch möglich sein wird."

Die Hinterbliebenen nahmen sich gegenseitig an die Hand, schauten sich dabei tief in die Augen und versprachen hoch und heilig, sich einander beizustehen.

Der Weise war sehr erschöpft von dieser Anstrengung und bat den Bürgermeister um eine feine kleine Auszeit, damit er wieder Kraft sammeln kann. So gingen sie in dessen Haus zurück und ruhten ein wenig aus.

Das Begehren eines Winzlings

Doch bereits am nächsten Tag stand Paulino vor der Tür des Bürgermeisterheimes und fordert seine ihm zustehende Hilfe durch den allwissenden weisen Lösungsdenker ein. Paulino ist kleinwüchsig und kann sich damit nicht abfinden, nicht einmal einen Tag lang. Mittlerweile hat er sich sogar einen gewissen Stand in der Gemeinde erarbeitet und niemand zog ihn mehr wegen seiner fehlenden Körpergröße oder seiner Schwäche auf. Gut, in der Kindheit hatte er einiges zu erleiden, aber das hatten die meisten seiner Freunde irgendwie auch durchzumachen. Eigentlich ist es heute nur noch er selbst, der sich dagegen verwehrt und es täglich ablehnt, so zu sein, wie er ist.

Er konnte es nicht verstehen, warum ausgerechnet er so sein musste, wie er eben ist. Kleinwüchsig und schwach. Dabei spürt er doch riesige Kräfte in sich schlummern. So quält ihn jeden Tag aufs Neue diese unbeantwortete Frage: Warum muss gerade er so sein?

Nun wusste und hörte er bereits vom Weisen aus dem Dorf der Lösungsdenker und er ist begierig darauf, von jenem Fremden die Antworten aller seiner offenen und unbeantworteten Fragen zu erhalten.

Der Bürgermeister, der dem alten Weisen seine Auszeit und ein wenig Ruhe versprochen hatte, sah sich in einer Zwickmühle gefangen, denn es war ihm durchaus noch bewusst, welches Versprechen er Paulino gab.

Er versprach als Erstes, zu ihm zu kommen, damit der Besucher zuerst die Fragen durch den Winzling gestellt bekommt. Beide waren sich sicher, dem Weisen müsste, um Antwort geben zu können, Zeit zugestanden werden, um ausgiebig zu grübeln.

Nun war er schon so lange im Dorf und der Bürgermeister hat beim Überschlagen der Ereignisse vollkommen seinen Schwur vergessen. Es war durchaus keine böse gemeinte Absicht, sondern ist einfach ins Hintertreffen geraten.

Wie nur sollte er heute den Kleinen vertrösten?

So versucht er es mit Ausflüchten, Ausreden und allerlei Umhergerede, doch der Zwerg ist zu energisch und fast schon penetrant, denn er verlangte ein, was der Bürgermeister ihm einst versprach. Da das Heim sehr klein ist, bekam der Weise im Nebenzimmer die hitzig zu werdende Unterhaltung der beiden unweigerlich mit und mischte sich ein.

„Mein lieber Freund und Gastgeber, ein Versprechen muss man halten und ich werde dich sicherlich nicht enttäuschen, es einzuhalten.

Selbstverständlich werde ich versuchen, all seine Fragen zu beantworten, so ich denn kann."

Der Bürgermeister bat den ungeladenen Gast herein und bot ihm einen gemütlichen Platz am prasselnden Kaminfeuer an.

Nach kurzem Geplänkel über dies und das wollte der Zwergwüchsige es nun endlich wissen und stellt seine erste Frage: „Warum, weiser Mann, bin ausgerechnet ich der Schwächste von allen?

„Schwach? Warum fühlst du dich schwach? Vor sich sehen meine Augen einen starken, stolzen Mann?"

„Bitte nehmt mich wenigsten ernst, Weiser!"

„Aber das tue ich ganz gewiss!"

Stärke liegt im Auge des Betrachters und wird eben nicht nur im Heben von Gewichten gemessen.

„Schau dir die mächtigen und kräftigen Eichen des Waldes an. Man meint nichts und niemand kann ihnen etwas anhaben, bis der noch stärkere und mächtigere Herbststurm kommt und Äste bricht und ganze Bäume umlegt. Doch das augenscheinlich dünne und schwache Schilfgras lässt sich zwar vom Herbstwind biegen und winden, jedoch es brechen, umlegen oder entwurzeln will dem Sturm nicht gelingen.

Wer ist jetzt der Stärkere?

Der gebrochene und gefallene Baumriese oder das standhafte Schilfgras?"

„Ach, so ein dünner Strohhalm von Schilf hält doch nichts aus!"

Nun erhebt sich der Weise aus seinem bequemen Sessel und geht rasch vor die Tür.

Er kommt mit einem Strohhalm in der Hand zurück.

„Nun zeig mir, ob du diesen einen Halm gebrochen bekommst!"

Der Zwerg nimmt ihn in beide Hände und mit einem kurzen Knacks ist der Halm zerbrochen. Der Weise geht abermals vor die Haustür und kommt mit einem ganzen Bündel Halme zurück.

„So, und nun versuche, dieses Bündel zu brechen!"

Doch so sehr es der Kleinwüchsige auch versucht, es will ihm nicht gelingen. Nun reicht er es dem Bürgermeister und ließ diesen versuchen, es zu brechen.

Aber auch ihm wollte es nicht gelingen."

Wenn man seine Schwächen bündelt,

**vermag auch eine starke Kraft sie nicht
so leicht brechen.**

„Das war sehr anschaulich, weiser Mann, aber dennoch wäre ich viel lieber groß und stark, auch auf die Gefahr hin, dass mich ein Herbststurm niederzwingt."

Stärke aus der Adlerperspektive

„Oder ein anderes Beispiel aus der Tierwelt: Manchmal sieht man den Steinadler erhaben am Himmel seine Kreise ziehen. In der Natur und im Flug muss er keine Feinde fürchten, doch vereinzelt erkennt man, wie der flinke Rabe ihn im Luftkampf herausfordert und attackiert. Der Adler bräuchte den Angreifer nur ein einziges Mal in seine Krallen bekommen und es wäre um den kleineren Vogel geschehen. Genauso würde ein einziger Biss mit seinem tödlichen Schnabel ausreichen, alles Leben aus dem schwarzen Vogel zu löschen. Bei genauer Betrachtung und Analyse wird einem schnell klar, der Rabe hat nicht den Hauch einer Chance, aus einem ernsthaft geführten Zweikampf als Sieger oder überhaupt lebend herauszukommen. Sein Schnabel dient sehr wohl als Werkzeug, jedoch ist er als Waffe denkbar ungeeignet. Seine Krallen eignen sich gut, um festen Halt am Ast oder Dach zu finden, aber nicht, um in den Kampf mit dem Steinadler zu ziehen. Dennoch ist er es, der es wagt, den übermächtigen König der

Lüfte herauszufordern und anzugreifen. Er ist schlau und ein sehr guter Beobachter, denn er hat eine Schwachstelle herausgefunden. Da der Steinadler keine Feinde zu fürchten braucht, lässt er seine Blicke nur nach unten zur Erde schauen, um Beute zu erspähen. Das macht sich der Rabenvogel zunutze und attackiert den Adler, listig wie er ist, von oben. Da er kleiner ist und sich dadurch wendiger bewegen vermag, greift er ihn in schnellen Attacken meist von oben her an, um ihn somit mit kurzen Körperkontakten, ausgeführt mit Schnabel oder Pfote, zu malträtieren. Sicher, er ist zu schwach, den Greifvogel zu verletzen oder ihn ernsthaft zu schädigen, jedoch kann er ihn so lange piesacken, bis der Eindringling entnervt aufgibt und das Revier des Raben verlässt. Eben ein pfiffiges Kerlchen mit einer guten Beobachtungsgabe. Auch hier obsiegt nicht der körperlich Überlegene von beiden, sondern der Gewitztere.

Ich hörte sogar von einer echsenartigen Tierart aus dem fernen Land der ewig heißen Sonne. Diese riesenhaften, drachenartigen Untiere sollen dort in Flüssen leben. Die Urviecher messen so lang wie drei Längen eurer Ruderboote unten am See. Sie sind so gefräßig, dass sie ganze Pferde oder Ochsen des exotischen Landes verschlingen können. Doch das nahezu kleinste Tier, ein winziger Vogel, besitzt den Mut, diesem Giganten mit seinen unzähligen totbringenden Reißzähnen, so lang wie scharfe Dolche, im Munde herumzuspazieren. Das niedliche Vögelchen scheint keine Angst zu kennen, so läuft es über die Zunge und hüpft von Zahn zu Zahn.

Nur ein winziger Schnapper der Echse und es wäre um den Piepmatz geschehen. Der Drache lässt zu, dass der Vogel in seinem Maul tanzt und von der anderen Tierwelt als mutigstes Tier von allen anerkannt wird und zum Dank dafür reinigt dieser ihm seine Reißzähne.

Für den neutralen Betrachter ist zu erkennen, welche Sorgfalt der Singvogel beim Reinigen des Gebisses an den Tag legt. Scheinbar ernährt sich das Federvieh von den Resten, die zwischen den Zähnen des Monsters hängen. Kein anderes Tier des Urwaldes würde es je wagen, dem Echsenmonster so nahe zu kommen. Auch daran ist zu erkennen, das kleinste Geschöpf kann auch das mutigste von allen sein. Jedes Wesen hat seine Bestimmung und seine ihm angestammte Aufgabe in der Natur.

Glaube mir, du wirst sehr bald erfahren, welches deine Bestimmung ist und du wirst fortan nicht mehr bereuen so zu sein, wie du bist."

Große Liebe des kleinen Mannes

Es dauerte tatsächlich nur wenige Tage und der Kleinwüchsige sollte seine Antwort erhalten.

Eine Gesellschaft fahrender Künstler kam ins Dorf und bot seine Künste an. Die Attraktion unter ihnen war die schönste, jedoch eben auch kleinste Frau des Landes, vielleicht sogar der ganzen Welt, so versprachen es zumindest die großen Werbebanner auf den Fuhrwerken.

Barbarella soll Locken aus Gold haben, Geschmeide aus feinster Seide, in himmlischem Blau und Weiß gehalten, tragen. Selbst das glitzernde Collier um ihren Hals kann dem Glanz ihres Dekolletés nicht standhalten.
Ihre Erscheinung - zart und anmutig.

Zu dem fahrenden Volk gehört auch Bullwai, der unbesiegte Riesenmensch aus dem hohen Norden in fürchterlicher Gestalt. Er misst so viel wie drei erwachsene Männer und soll zehnmal so stark sein. Ganze Schlachten soll er schon zum Sieg entschieden haben. Bullwai kann Barbarella auf einer Hand tragen. Er war lange in die kleine Schönheit verliebt, konnte aber nie ihr Herz für sich gewinnen.
Nachdem Paulino die schöne Barbarella erblickt, ist es gleich um ihn geschehen und auch er verliebt sich unsterblich in sie. Während sich ihre Blicke kurz kreuzen winkt sie ihn zu sich und gesteht ihm, bereits ihr ganzes Leben nach ihm auf der Suche zu sein. Sie träumt schon die ganze Zeit von einem Mann, mit dem sie auf Augenhöhe reden kann. Sie widerstand all dem aus der Männerwelt stammenden Werben der Normal-wüchsigen. Sie wünscht sich einen Mann in ihrer Größe. So konnte sie ebenfalls seiner anmutigen Gestalt und verführerischem Körperbau nicht widerstehen und verliebt sich genauso kopfüber in ihn.
Paulino hielt sofort um ihre Hand an und bat sie, das fahrende Gauklervolk zu verlassen, um bei ihm und mit ihm sesshaft zu werden. Barbarella willigt sofort ein, denn sie sei nur durch die Lande gezogen, um ihn zu

finden, ihren Mann fürs Leben. Zum Abschied sprach Bullwai zu Paulino noch beeindruckende Worte:

„Schau, winziger Mann!

Meine hünenhafte Gestalt, meine Bärenkräfte, meine ausgiebige Kampferfahrung in den unzähligen Schlachtgetümmeln und auch mein Mut, es mit jeder Person dieser Welt aufzunehmen, hat Barbarella nicht davon überzeugen können, ich sei der Richtige für sie. Nein, nahezu rastlos suchte sie im ganzen Land nach dir Winzling, um sich schlagartig zu verlieben, das fahrende Geschäft aufzugeben, damit sie sich bei dir niederlassen kann, um hier sesshaft zu werden. Stets war ich stolz, so zu sein wie ich bin. Doch heute bin ich auf einen kleinwüchsigen Zwerg neidisch, eifersüchtig darauf, dass er die einstige Frau meiner Träume bekommen vermag.

Mein lieber Freund, ich wäre jetzt sehr gerne wie du!"

Nachdem das fahrende Volk das Dorf hinter sich gelassen hatte, lief das Paar zum Haus des Bürgermeisters, weil Paulino unbedingt den Weisen sprechen, aber auch seine große Liebe vorstellen wollte

Der Bürgermeister ist neugierig und will sofort wissen, wie die beiden so schnell die gegenseitige Liebe zulassen konnten und ob es dem Paar nicht noch an ausreichendem Grundvertrauen mangle?

Und es ist Barbarella, die das Wort ergreift: „Wenn dein Herz so laut wie meines schreit, das ist der Mann deines Lebens, dann brauche ich nicht mehr zu zögern."

„Aber geht ihr beiden damit nicht ein zu großes Risiko ein? Du Frau, verlässt für immer deine Kameraden und lässt dich hier nieder und du Paulino, willst von nun an stets für das Wohlergehen Barbarellas sorgen?"

Jetzt mischt sich der weise Lösungsdenker ein: „Es ist nicht immer so, dass der Verstand und das Herz ins Zwiegespräch berufen werden, sondern manch einmal arbeiten beide auch zusammen. Und der Verstand mit seiner analytischen Herangehensweise bestätigt, dass das, was das Herzgefühl eben zu spüren vermag, das einzig Richtige ist. Wenn eben das Herz so laut schreit, wie es Barbarella eben beschrieben hat: ‚Das ist wahrlich die perfekte Frau, der perfekte Mann für dich, dann nimm sie, nimm ihn und zögere nicht länger und hadere nicht mit dir.'

Auf diesen Partner hast du dein Leben lang gewartet, dann muss man, selbst wenn es ein Risiko darstellt, rasch entscheiden können und hierbei reicht dem Herz der Verstand seine verbündete Hand. Dann wehrt der Verstand die Zweifel ab und sagt: ‚Gut, dass ihr bei mir gewesen seid, aber jetzt komme ich tatsächlich ohne euch aus, dürft euch verabschieden, gehen und ihr könnt verschwinden, woher ihr gekommen seid.'

„Ja, und genauso ist es bei mir gewesen!", unterstrich Barbarella das Gehörte.

Schon wieder viel zu schnell vergingen die Wochen seines Aufenthalts und es war einmal mehr an der Zeit dem Dorf und den Dorfbewohnern Lebewohl zu sagen. Der Weise war schon sehr gespannt darauf, wie das

Gemüt seiner Begleitung, seines jungen Freundes, des Gesandten sich verändert hat und ob er noch immer mit seinem Glauben hadere.

Die Rückreise schien noch deutlich schneller vonstatten zu gehen als vor Wochen die Anreise, so amüsiert gut unterhielten die beiden sich. Der Verlustschmerz seiner Mutter saß noch tief, aber er hat in seiner Familie und in seinen Gebeten Halt gefunden.

Ende der Geschichte vom Lösungsdenker

Kapitel 3
Wieder zurück zur Verkaufsparty

Susan sprach es zuerst aus: „Also, für meine Person gesprochen, empfand ich das Beispiel mit den Werten und Wertvorstellungen, die möglichst eine hohe Deckungsgleichheit aufweisen sollten, am aufschlussreichsten. Wenn ich die Geschichte deines nahen Verwandten schon früher gekannt hätte, wären mir meine doofen Erfahrungen mit meinem Ex, Markus, erspart geblieben. Wie ich erst seit Neuestem weiß, war unsere Deckung ungleicher, als sie überhaupt nur sein konnte. Doch in der Vergangenheit achtete ich niemals darauf und hinterfragte sie auch nie, die Werte und Wertvorstellungen eines Mannes, geschweige denn, dass ich etwas mit dem Wort Deckungsgrad hätte anfangen können oder nur ansatzweise darauf geachtet hätte.

Nun ist mir klar, wenn ein Mann ständig von Großzügigkeit spricht, aber bei jeder Gelegenheit das Portmonee betonschwer in der Hosentasche versenkt bleibt, dass der Typ wohl eine andere Großzügigkeit im Sinne hat, als ich es tue."

Schon poltert eine zweite ihre Gedanken in die Runde herein: „Wieso eigentlich nur eines Mannes?

Nun bin ich der Meinung, es gilt genauso für Frauen! Schließlich ist es unter Freundinnen ebenso wichtig, die gleichen Werte zu teilen, oder etwa nicht?"

„Apropos Werte, möchte noch jemand ein Schlückchen wertvollen Sekt?", fragt Piepsie in die Damenrunde.

„Letzten Endes ist es schließlich auch so, dass es nicht unbedingt schlecht ist, wenn jemand andere Prinzipen und Werte innehat, als ich das für mich tue. Ungleiche Werte müssen nicht unweigerlich und damit verbunden unpassende Person bedeuten!

Nur, weil jemand etwas Anderes als ich wichtig empfindet, muss es ihn ja nicht gleich ausgrenzen und als jemanden mit falschen Werten deklassieren!

Bleiben wir doch hier einmal bei dem Beispiel mit der Großzügigkeit. Klar, es stellt ohne weitere Ausführungen erst einmal eine tolle Tugend dar. Aber wenn man nicht genauer darüber spricht, weiß man nicht, ob der mir Gegenüberstehende damit dasselbe versteht wie ich."

Schon sprang ein anderer Gast auf die Formulierung auf und schmiss ihrerseits in die Frauenrunde:

„Wieso?

Ist doch eindeutig, das tugendhafte Verhalten von Großzügigkeit?

Entweder man ist es oder man ist eben geizig!"

Umgang mit den Wertvorstellungen

Editha meint zu dem sich ergebenen Gespräch: „Also, ich handhabe es seitdem immer so, dass ich glasklar und eindeutig hinterfrage, wie es mit seinen Prinzipien aussieht und dass mir seine Antwort darauf extrem wichtig sei. Ich lasse demjenigen keinen Zweifel daran, dass er sinnbildlich die Hosen herunterlassen muss.

Um es zu unterstreichen, ziehe ich sogar meine linke Augenbraue hoch, damit es ein wenig strenger wirkt."

„Oh ja, diesen Gesichtsausdruck kenne ich nur zu gut von dir. Da komme ich mir immer wie in einer ernsten Befragung einer Gerichtsjury vor und ich weiß, jetzt solltest du verdammt ehrlich antworten."

Editha grinst ein wenig verlegen, geht hier aber auf den Zwischenruf ihrer Freundin nicht explizit ein.

Sie führt einfach ihre Gedanken weiter aus:

„Sollte er mir dann dennoch mit spröden, ausweichenden oder verklausulierten Phrasen oder dummen

Ausflüchten daherkommen, bin ich zumindest schon einmal sehr misstrauisch, wenn es überhaupt noch zu einem weiteren Voranschreiten meinerseits kommt.

Meist lasse ich den Kerl dann doch lieber sausen, als mir an ihm gehörig die Finger zu verbrennen."

„Und woran machst du es fest, ob es nun lapidare und spröde Floskeln sind oder ernstgemeinte Werte?"

„Das ist recht eindeutig für mich.

Wenn er nur eine Aufzählung von Tugenden herausposaunt, reicht mir das selbstverständlich keinesfalls aus. Schließlich sind die Männer auch nicht blöde und wissen, was eine Frau gerne von ihnen hören will, wenn sie nach seinen wichtigsten Werten fragt.

Natürlich kommen dann durchdachte Formulierungen wie Ehrlichkeit, Redlichkeit, Treue, usw...

Aber bleiben wir bei der Großzügigkeit von Susan. Wenn Susan von einem Mann hört, er schätzt den Wert der Großzügigkeit, denkt sie, er sei spendabel und lädt sie häufig auf einen Drink ein oder noch besser, er führt sie zum Essen aus. Er hingegen denkt aber vielleicht ganz anders darüber. Der Mann hat eventuell gar nichts Monetäres oder etwas, was mit Spendierhosen zu tun hat, im Sinn gehabt, als er von Großzügigkeit redete.

Er könnte damit eine offene Beziehung gemeint haben, eben im engeren Zusammenhang damit aussagen wollen, er ist nicht so treu und erwartet von der Partnerin hierzu eine großzügige Einstellung von ihr.

Solche Missverständnisse gilt es schon recht früh auszuspähen, zu lokalisieren und auszumerzen, sonst erlebt man sein blaues Wunder und der Typ sagt noch keck hinterher zu einem: ‚Tja mein Schätzelein, da hättest du mich präziser fragen müssen!', und wäscht damit seine Hände in Unschuld.

Und das kann und darf man nicht zulassen!

Das käme ansonsten einer dümmlichen, folgenschweren Selbstsabotage gleich."

„So ein Mist, du hast recht!

Na klar können Tugenden und Werte unterschiedlich ausgelegt werden, soweit habe ich eben bis jetzt noch nie gedacht. Der Kerl dehnt sich natürlich seine Wahrheit in die gewünschten Bahnen, indem er es nach seinem Dünken auslegt und grinst sich dabei hämisch eins in Fäustchen, weil er von der Frau herabwertend denkt: ‚Ach Schätzelein, was kann ich denn dafür, wenn du so naiv bist und bei Großzügigkeit nur an meine Spendierhosen denkst.'

Selber denkt er zwar auch an seine Hose, aber eher an das, was zwischen den beiden Hosentaschen baumelt!'

Jetzt haut Piepsie einen Zwischengedanken in die Frauenrunde: „Passt auf! … Passt einmal alle auf und hört mir zu, was ich euch zu sagen habe! Vor kurzem war ich bei Ingo Appelt in der neuen Show ‚Frauen sind Göttinnen', weil das so gut zu mir passt und ich die drei Worte immer so gerne höre.

Dort sagt der Ingo doch glatt, dass Männer sich nur für fünf bis sechs Monate verstellen können und danach wiederum zum normalen Wesen zurückkehren und ihr gewöhnlicher Charakter wieder zum Vorschein kommt.

Er fordert uns Frauen dabei direkt und unverblümt auf, so lange zu warten und uns nicht von diesen Idioten, entschuldigt, aber das war in der Show ganz genau seine Ausdrucksweise, blenden und verarschen zu lassen.

Ich habe ihn in seinem Programm insoweit verstanden, dass es ähnlich zu einer Probezeit wie vergleichbar bei einem normalen Arbeitsvertrag kommt.

Die ist sicherlich auch nicht ohne Grund gesetzlich auf sechs Monate festgelegt worden.

Jedoch besonders gut empfand ich seine Formulierung: ‚Männer sind nicht in der Lage, sich in höhere Lebensformen hineinzudenken.'

Und in diesem Zusammenhang müssen wir Mädels, als benannte höhere Wesen, uns eben drei Schubladen in die Männerwelt herunterdenken!"

Das schnappt Editha sofort auf: „Na, wenn das nicht ein toller Schlusssatz für unsere heutige Party ist, dann weiß ich es auch nicht mehr!

Und die drei Schubladen könnt ihr ja nun gut nutzen, in dem ihr dort eure erworbenen Artikel unterbringt.

Damit möchte ich mich von euch verabschieden und freue mich schon auf unser nächstes Treffen."

Ende der Geschichte

Die sieben Stufen des Zulassens

1. **Stufe – Abwehrhaltung infrage stelle**
   Es ist hier erkennbar, dass ihr nachvollzie-
   hen könnt, wenn ihr alles weiterhin macht
   wie bisher, warum sollten sich dann andere
   Resultate einstellen?
   Hinter dieser Hürde steckt oftmals die
   Angst des: wir wollen nicht enttäuscht wer-
   den!

2. **Stufe – sich für Alternativen öffnen**
   Nur, wenn wir uns öffnen und wir Änderungen zulassen, wird sich auch das Resultat ändern
   -frei nach dem Ursache-/ Wirkungsprinzip-
   Hinter dieser Hürde steckt die Befürchtung:
   Wir müssen einsehen, dass Zulassen bei uns
   selbst beginnt

3. **Stufe – Abwehrhaltung eventuell aufgeben**
   Wir müssen etwas ändern, egal, was es ist,
   nur dann kann sich auch das Resultat
   verändern
   Hier steckt die Einsicht dahinter, dass wir
   unsere   angestammte   Komfortzone
   aufgeben und verlassen müssen, um etwas
   anderes zuzulassen

4. **Stufe – bereit sein, etwas zu geben**

   Nur wenn wir in der Lage sind, bereitwillig und ohne Bedingungen zu geben, ist ein Zulassen möglich.

   Dahinter steckt die Angst, ohne Gegenleistung zu geben und damit gefühlt zu verschwenden.

5. **Stufe – bereit sein, etwas zu empfangen**

   Nur, wenn wir in der Lage sind, freiwillig und mit offenen Armen zu empfangen, ist Zulassen möglich.

   Hier steckt die Angst dahinter, eben nur etwas zu erhalten, verbunden mit der Erwartungshaltung einer angemessenen Gegenleistung.

6. **Stufe – bereit sein zum gegenseitigen Austausch**

   Geben, um des Gebens wegen –
   Empfangen, um des Empfangens wegen.
   Die Erwartungshaltung aufgeben,
   gleichwertiges zurückzubekommen.
   Wer Liebe verschenkt, darf nicht die
   Erwartungshaltung hegen, Liebe
   zurückgeschenkt zu bekommen.

7. **Stufe – Veränderung zulassen**

   Bereit und willens sein, Änderung durch den anderen zu erfahren, ohne das Gleiche von ihm einzufordern.

Alle Weisheiten des Zulassens

➤ Manchmal muss man etwas zulassen, um etwas Anderes in Gang zu setzen.

➤ Das Wort Zulassen hat viele sehr unterschiedliche Gesichter mit unfassbar zahlreichen Fassetten in seiner Mimik.

➤ Zulassen ist ein gesundes Wort, denn es stößt zumeist einen Prozess an.

➤ Nicht sehr selten muss man etwas zulassen und damit geschehen lassen, um überhaupt irgendwas zu verändern.

➤ Es ist auch eine aktive Wortbildung, denn ich muss mich proaktiv dafür entscheiden, etwas in meinem Leben zuzulassen

➤ Wenn man keine Einflussnahme zulässt, wie soll sich ohne sie etwas Neues ergeben?

➤ Wenn man keine Organisation zulässt, wie soll sich Struktur und eine Ordnung einstellen?

➤ Selbst Einmischung sollte man dann und wann zulassen, um andere Sichtweisen zu erhalten. Wenn sich jemand einmischt, kann es zum Beispiel in einem Gespräch eine völlig andere Wendung nehmen, die ohne Einmischung verborgen geblieben wäre.

➢ Andere Sichtweisen ermöglichen es, Einsicht zuzulassen. Manchmal muss man sich auf den Stuhl desjenigen setzen, der einem gegenübersitzt, um aus seinem Blickwinkel und seiner Position heraus seine Sichtweise zu verstehen.

➢ Natürlich muss und sollte man auch Zweifel zulassen, denn in so manch einem Zweifel steckt nur zu häufig auch eine positive Energie, *die positive Kraft des Zweifelns* eben.

➢ In diesem Zusammenhang sollte man auch innere Stimmen zulassen.
Sie senden einen Botschaften, die man sich ruhig einmal genauer betrachten sollte.

➢ Das bringt mich zur Experimentierfreude, die unbedingt zugelassen werden sollte.

➢ Ein jeder kennt es, die schier unendliche Neugierde kleiner Kinder, die stets und unablässig Fragen nach dem Warum stellen? Oder: Wieso ist das so? Weshalb muss das so sein?
Eine Eigenschaft, die den Eltern schnell auf den Geist gehen, weil sie auf Dauer nerven können.

Jedoch ist es wichtig, dass Erwachsene diese Neugier, alles und ein jedes wissen zu wollen, zulassen.

Den Faden noch weitergesponnen, fordere ich alle auf, sich eben diese kindliche Eigenschaft bis ins hohe Alter zu bewahren. Das Leben besteht aus einem fortwährenden Prozess des Dazulernens.

➢ Diskussion sollten wir zulassen, sonst lernen wir niemals andere Meinungen und Sichtweisen kennen.

➢ Protest sollten wir zulassen, um anderen Meinungen ein Feld zu geben.

➢ Meinungsvielfalt, eine Grundvoraussetzung für Demokratie muss zugelassen werden.

➢ Andersartigkeit sollte ebenfalls unbedingt zugelassen werden zumindest, wenn man gegen Uniformität, absoluten Gleichklang und schnöde Tristes ist, man bunte Farben liebt und damit die Vielfalt der Natur.

Mich haben die Gedanken und die Herangehensweise von Editha schwer beeindruckt, die Prinzipien und Werte von einem Partner zu erfragen und sich ausführlich erklären zu lassen, was besonders wichtig für ihn ist. Natürlich sehe ich das bei Frauen wie Männern gleichermaßen: „Wenn bei den Wertebeschreibungen und Wertvorstellungen nur spröde Phrasen kommen, lasse ich die Menschen lieber sausen." Diesem Beispiel werde ich von nun an folgen, denn ich glaube, auch mir wären in der Vergangenheit einige extrem doofe Erfahrungen erspart geblieben!

Dipl. Psych. Simone Bäumer
Psychologin und Therapeutin aus Cape Town in Südafrika

Dieses Buch vom Zulassen ist mittlerweile mein liebster Verschenk-Artikel, den ich nahezu bei jeder sich mir bietenden Gelegenheit verschenke. Sei es zu Geburtstagen, Jubiläen, eigenen Familienfesten oder sonstigen Gelegenheiten. Noch nie hatte ich damit das Falsche dabei. Nur zu häufig bekam ich Danksagungen für die prima Idee und die vielen Anregungen, die einem das Buch bietet. Hier möchte ich meine Kaufempfehlung zu diesem, aber auch den anderen Titeln der Trilogie aussprechen.

Jenny Rentmeister
Veranstaltungskauffrau aus Berlin

Ich persönlich kann Weltverbesserer und Leute, die mir stets erzählen wollen, das Leben ist so und du musst dich soundso verhalten, damit deines funktioniert, nicht leiden und ausstehen. Und am allerschlimmsten sind die, die diesen Satz dann noch mit den Worten: **„Das is´so!"** sprachlich unterstreichen. Mir ist häufig dabei aufgefallen, dass es eben genau diese Menschen sind, bei denen das Handeln nicht zum Reden passt. Und in diesem Buch ist es so herrlich entspannt. Ein weiser Lösungsdenker hebt weder seinen Zeigefinger, noch belehrt er mich eines Besseren, sondern veranschaulicht in parabelhaften Erzählungen wie es vielleicht auch anders gehen könnte.

Kerstin Schulte
Geschäftsführerin Prager & Wild

Die sieben Stufen oder Hürden des Zulassens haben mich beinahe umgehauen. Erst durch das Lesen dieses Buches ist mir klargeworden, was ich früher falsch gemacht habe. Nun prüfe ich stets, ob ich schon alle Stufen des Zulassens genommen habe. Bei mir hat es im Leben einiges erleichtert und vor allem fällt mir das Zulassen heute leicht. Das Buch hat mich herrlich inspiriert!

Karl Mayer
Polizeibeamter aus Eisenach

Mir hat der Einstieg in die Geschichte besonders gut gefallen. Persönlich war ich glattweg der Meinung, bei meiner letzten Verkaufsparty muss der Autor direkt anwesend gewesen sein. Zu treffend und detailliert beobachtet erschienen mir die Gespräche der Partygäste. Er muss definitiv dabei gewesen sein! Genau über dieses Thema haben wir uns auch unterhalten. Und Mädels, sein wir doch einmal ehrlich zu uns selber: - Nach einer Trennung haben wir doch alle so unser Problem damit einen neuen Mann unser Grundvertrauen zu schenken und eine erneute Beziehung zuzulassen! **Vortrefflich** beobachtet, mein Kompliment!

Simone Hoffman
Selbstständige Frisörin aus Osnabrück

Nun habe ich die Geschichte vom Winzling meinem Enkelsohn vorgelesen, der auch ein Problem damit hat noch so klein und schwach zu sein. Selbst er als Kind hat schnell begriffen, dass ein jeder von uns seine Bestimmung hat. Noch besser kam bei ihm an, dass der König der Lüfte zu besiegen ist, ein Krokodil das mutigste Tier im Dschungel in seinem Mund rumtanzen lässt und der hünenhafte, unbesiegte Kämpfer Bullwai gerne manchmal so sein würde wie der Winzling.   Einfach toll!!!

Ida Pachulke   Ministerialbeamtin A.D. und Oma

Buch-Empfehlung

Soweit die Füße denken können

Der Jakobsweg – Dein Weg!?

Autor: Lars-Oliver Schröder

Nun stehst du da in der Mitte deines Lebens und bist auf der Suche nach neuen Wegen, auf der Suche nach neuem Sinn im Leben, aber wo, oder wie? Hier erzähle ich die Geschichte vom Camino Francés ohne ein dickes gefülltes Bankkonto oder Prominentenbonus. Ich kann es nur in den blumigsten, farbenfrohen Erzählungen beschreiben, welche Gefühle es in mir ausgelöst hat, loslassen zu können und meine Sünden in Santiago de Compostela vergeben zu bekommen. Ich habe etwas zu sagen und es will heraus aus mir. Heute bin ich ein anderer Mensch, denn ich habe Gottvertrauen und Hoffnung gefunden. Nun stehe ich an den Anfängen und gehe gerade den ersten zarten Schritt meines neuen Weges.

Die Veränderung läuft stets in drei Phasen ab. In der körperlichen-, in der mentalen- und der Phase der Erleuchtung. Der Leser begleitet hier den Pilger nicht nur auf Schritt und Tritt, sondern darf seine Gedankenwelt sowie die jeweiligen Überlegungen zu den verschiedensten Themen verfolgen. Der Schreiber verfällt unterwegs immer wieder in philosophische Ansätze.

Mit einer Art „Hausfrauenphilosophie" fängt er den Leser und fesselt ihn mit seinen manchmal humorigen, aber auch tiefgreifenden Erzählungen.

Sehr unterhaltsam!

ISBN 978-3-7407-5174-6   **Paperback 18.99 €**

ISBN 978-3-7407-3902-7   **E-Book   9.99 €**

Die phantastische Reise in das grenzenlose ICH

Der Franziskusweg – Mein Weg?!

Autor: Lars-Oliver Schröder

Nach der ersten Pilgerreise in Richtung Santiago de Compostela fand ich meinen langersehnten Seelenfrieden. Ich habe damals aber ein Detail übersehen, ein wesentliches Detail! Von dem Punkt aus, an dem ich jetzt wieder im Leben stand, war es so, als drehte ich mich nach hinten, blickte zurück und verarbeitete alle offenen Wunden und Fragen der Vergangenheit. Doch der Fehler bestand darin, dass ich mich nicht um 180° umdrehte und nach vorne, in die Zukunft schaute. Ich vergaß tatsächlich, mir zu überlegen, wie ich in der kommenden Zeit, in der übrigen Restzeit meines künftigen Lebensabschnittes leben will. Doch den Franziskusweg marschiere ich heute aus einer geänderten nicht vergleichbaren Lebenssituation und Motivation heraus.

Ich stehe nahe an meinem 50. Geburtstag und will mir im Klaren werden, wie ich in Zukunft leben und existieren möchte. Die Fragezeichen der Vergangenheit scheinen beantwortet. Wie sieht es aber mit den Antworten auf die Fragestellungen der vor mir liegenden Zeit aus? Ich empfinde mich heute an einem wichtigen Scheidepunkt. Blicke ich zurück, hat der Jakobsweg alle bestehenden Wunden beseitigt. Schaue ich nach vorne, so soll mir ein zweiter Pilgermarsch helfen, die perfekten Antworten auf die ausstehenden Fragen zu finden.

Sehr kurzweilig, ein Muss für alle Pilgerfreunde!

ISBN 978-3-74074-561-5   Paperback   14.99 €

ISBN: 978-3-74073-863-1   E-Book   9.99 €

Buch-Empfehlung

Die Lösungsstrategie – Band 1

Loslassen!

Autor: Lars-Oliver Schröder

Bei einem überraschenden Klassentreffen stellen fünf ehemalige Schulkameraden fest, dass sie sehr ähnlich liegende Probleme mit dem störenden Festhalten an längst Überflüssigem oder gar Schädlichem haben. Sie stellten in ihrer Runde fest, dass wir Menschen uns doch irgendwie alle schwer damit tun, uns von etwas oder jemanden zu trennen und dass die meisten ihnen bekannten Personen sich an irgendetwas festhielten. Die parabelhafte Erzählung über ein Dorf der Festhalter, die vom Weisesten aus dem Dorfe der Lösungsdenker besucht werden, öffnet ihnen die Augen. Über Beispiele aus der Natur und deren Vergleiche, sich mit Lösungsansätzen aus Fesseln, Umklammerungen oder längst überflüssigem Ballast zu befreien, ermöglicht es den Festhaltern, aus eigener Kraft gewünschte Änderungen herbeizuführen. Es gefällt, dass der Weise aus der Erzählung nicht mit dem erhobenen Zeigefinger kluge „Rat Schläge" verteilt, sondern mit guten und einfachen Vergleichen aus der Natur inspirierende Umgangsweisen darstellt. Er gibt eben keine vorgefertigte, schnöde Lösung vor, sondern fordert ganz gegenteilig zum Nachdenken auf, um dann, durch Parabeln inspiriert, aus eigener Einsicht auf mögliche Lösungsansätze zu kommen. Eine herrlich inspirierende und unterhaltsame Geschichte!

ISBN: 978-3-7407-5174-6   Paperback 12,99 €

E-Book   8,99 €

Einlassen!

Autor: Lars-Oliver Schröder

Einlassen gehört zur erfolgreichen Trilogie „Loslassen!", „Zulassen!" und „Einlassen!".
Eine Reisegruppe trifft sich zum Vorbereitungsabend einer Abenteuerreise, die in einen Nationalpark Afrikas führt, mit Übernachtungen im Zelt. Der Ehemann von Elisabeth, der ansonsten nur Luxus gewohnt ist, weiß nicht, ob er sich auf die einfachen Verhältnisse einlassen kann. Eine zweite Person der Gruppe berichtet von einer bevorstehenden Pilgerreise mit Unterkünften in 40-Betten-Zimmern, auf die sie sich auch erst einmal einlassen musste. Dann ergreift die Reiseleiterin das Wort und erzählt eine parabelhafte Geschichte, die schon lange Jahre im Kollegenkreis herumgereicht wird. Sie handelt von einem weisen Lösungsdenker, der in einem Dorf, dem Dorf der Problembeschreiber und Bedenkenträger, den Einwohnern das Einlassen beibringt. Er erzählt ihnen, warum die meisten Menschen sich so schwer damit tun. Eben, dass das Einlassen nicht gleichbedeutend mit der Abgabe der Führung ist und damit einhergehend Kontrollverlust bedeutet. Der Weise zeigt, wenn man kurzzeitig bereit ist, das Steuerrad aus der Hand zu geben, einen der Strom des Lebens immer an seine Mündung führt. Anhand nachvollziehbarer Beispiele öffnet er ihre Augen und beschreibt Vergleiche, wie es müheloser funktionieren kann.

ISBN 978-3-7407-6190-5
Paperback 12.99€   **E-Book 8.99€**

Buch-Empfehlung

Denke nach und werde glücklich

Auf der Jagd nach dem schönsten Tag

Auskopplung

Autor: Lars-Oliver Schröder

Eine Frage geht mir spontan durch den Kopf: Wann hatte ich eigentlich meinen glücklichsten Tag? Mit dieser Frage beginnt die spannende wie auch unterhaltsame Geschichte einer dreieinhalbmonatigen Wanderung quer durch Europa immer entlang des Jerusalemweges. Bei der sagenhaften Wanderung über mehrere tausend Kilometer, durch neun Länder sucht der Autor den glücklichsten Tag seines Lebens. Zur eigenen Inspiration interviewt er die unterschiedlichsten Personen, die er am Wegesrand unterwegs zufällig trifft. Erzählungen von einem sechsjährigen Kind bis hin zum neunzigjährigen Greis. Jede dieser erzählten Tage, hervorgebracht in den jeweils sehr unterschiedlichen Lebenssituationen liefern Antworten für den Buchleser. Schon beim Lesen selbst überlegt man unweigerlich, welches der eigene glücklichste Tag war. Spontan fängt man an sich im eigenen Umfeld umzuhören, wie sich andere im Bekanntenkreis mit dieser Fragestellung auseinandersetzen. Angereichert werden die zahlreichen Anekdoten von aberwitzigen Erlebnissen, die bei einer mehrmonatigen Wanderung dem Autor einfach passieren.

Die witzigsten und unglaublichsten Geschichten schreibt das Leben eben selbst!

Dieses Buch macht auf seine Art einfach nur glücklich!

ISBN 978-3-7407-5316-0 Paperback 13.99€   E-Book 9.99€

Buch-Empfehlung
Die Lösungsstrategie Trilogie
Loslassen! Zulassen! Einlassen!
Autor: Lars-Oliver Schröder

Dieses Buch ist auf den vielfachen Wunsch der Leser entstanden, alle drei Titel der Trilogie in einem Exemplar zu vereinen. Jedoch die Ursprungsidee zu den drei Buchtiteln ist eine nette Anekdote und folgendermaßen entstanden: Es war eine Ex-Freundin, die mir in der Trennungswut eine klasse Idee sprichwörtlich an den Kopf geworfen hat: „Schreib doch ein Buch über das Loslassen, da bist du schließlich ein Meister drin, du Hammel!", waren damals ihre wütenden und sicherlich nicht nett gemeinten Worte.

Und was soll ich sagen, … ich habe es geschrieben!

Doch die Geschichte geht noch weiter, denn als ich einer Bekannten eine nette Passage aus dem Skript „Loslassen!" vorgelesen habe, meinte sie zu mir: „Ach, weißt du, mit dem Loslassen habe ich eigentlich gar kein Problem. Meines ist, ohne es dir näher beschreiben zu wollen, das Zulassen. Als ich dann später bei der Schwester meiner Ex auf ein Käffchen reinschaute und ihr davon erzählte, sagte sie: Sie habe weder ein Problem mit dem Loslassen, noch eines mit dem Zulassen, sondern ihre Schwäche wäre eher das Einlassen.

Was soll ich noch sagen? Ich empfand es als tolle Inspiration, prima Aufgabe und bin gleich damit angefangen, die Trilogie „Die Lösungsstrategie: Loslassen! Zulassen! und Einlassen!" zu verfassen.

ISBN 978-3-7407-0708-8   **Paperback 25.98€**
                             E-Book   17.98€

Über den Autor:

Lars-Oliver Schröder, geboren am 20.02.1967 in Essen/
Ruhr, aufgewachsen mit acht Geschwistern, ist Vater
von drei erwachsenen Söhnen. Heute lebt er in
Stralsund. Er war über 20 Jahre in Top-Management-
Positionen beschäftigt, bevor in seinem Leben eine
180°-Wendung ihn zum Schreiben lenkte. Freunde
bezeichnen ihn als einen ewigen Optimisten, eine
Frohnatur oder ein Stehaufmännchen. Von jeher hörten
ihm alle Gesellschaftsschichten und Altersgruppen bei
seinen Ausführungen und Geschichten gebannt zu. Sei
es auf Familienfesten, bei Firmenvorträgen, öffentlichen
Auftritten oder aber „nur" bei einfachen Gute-Nacht-
Geschichten, immer wurde mehr von ihm verlangt:
„Komm, erzähl uns noch eine Anekdote", „gib uns
noch eine zum Besten", „nochmal Papa, nochmal." Er
machte seine Tugend zur Leidenschaft und begann
„seine" Geschichten aufzuschreiben.

In seinen Pilgerberichten gibt der Autor auf sehr
anschauliche wie augenzwinkernde Weise die Antworten
auf die drei wesentlichen Fragestellungen seines Lebens,
um damit genauso der Leserschaft Inspirationen zu
geben, für sich eigene zu finden. Auf dem Jakobsweg,
den er ein Jahr zuvor ging, arbeitete er seine
Vergangenheit ab, doch ein wesentliches Detail wurde
vergessen. Wie soll die zukünftige Restzeit des vor ihm
liegenden Lebens aussehen?

Es ist zugleich eine Grundfrage und wichtige Fragestellung der heutigen Zeit, mit der sich fast alle Menschen
in ihrer zweiten Lebenshälfte beschäftigen.